# Le syndrome
# de la brasse coulée

# JULIA MATTERA

## Le syndrome
## de la brasse coulée

———

ROMAN

Vocabulaire alsacien :
Joséphina Krasnopolski

# Prologue
# Les manigances de mamie Zette

Les couloirs sont déserts. Les petits vieux dorment paisiblement, leur dentier plongé dans un verre d'eau. Le mien est toujours en place. Il faudra bien que j'offre un joli sourire à celui qui me débusquera à 2 heures du matin ! Un peu de charme, ça ne fait pas de mal si on veut éviter les ennuis.

J'ai l'impression d'avoir à nouveau quinze ans et de me faufiler dans le corridor de l'internat où mes parents m'avaient placée. Faut dire que je n'étais pas une gamine facile. Et je suis encore moins une mamie docile ! Cette nuit, j'ai troqué ma robe de chambre à fleurs pour un ensemble de fitness bleu marine. Une combinaison en Lycra aurait eu plus d'allure, mais à quatre-vingts balais, il faut connaître ses limites, surtout quand la combinaison vous rentre dans les fesses et souligne vos cuisses aussi molles que du

*Bibeleskaes*[1]. Sans oublier que l'arthrose me donne une démarche de chatte boiteuse. Toutefois, il me reste quelques miettes de ma dextérité d'autrefois. Ado, je faisais le mur pour rejoindre mon amoureux. Les cheveux attachés, vêtue de Skaï, je me prenais pour une héroïne de bande dessinée. Aujourd'hui, je marche à pas de loup pour ne pas me faire remarquer. Je me sens gagnée par une nouvelle jeunesse. Je veux croire que la lettre posée contre mon cœur va changer le cours des choses. « Zette la manigance » va frapper ! Je remue la tête avec approbation. Ma queue-de-cheval effleure ma nuque. Même si l'opération est sans danger, je m'amuse à la vivre avec autant de sérieux que si j'étais en mission top secrète. Sauf qu'il s'agit simplement de pénétrer dans le bureau de la directrice, et que je ne risque qu'une réprimande pour ma promenade nocturne.

La porte n'est pas fermée. Il n'y a rien à piquer ici, à part quelques stylos pour mes mots croisés. J'en glisse un dans ma poche, il me rappellera que l'objectif est atteint. Un œil à la phalangère m'indique que notre bienfaitrice n'a pas la main verte. J'en profite pour lui donner un *Schlück*[2] après avoir posé l'enveloppe en évidence. Elle ne la découvrira pas avant quarante-huit heures, à son retour de week-end. Délai qu'il me faut pour finaliser mon projet.

---

1. *Bibelekass* : se prononce « pipalakass », fromage blanc alsacien, plus ferme toutefois que le fromage blanc traditionnel, mais Zette ne connaît que celui-ci.
2. Se prononce « chlouk », une « gorgée à boire ».

Un sourire aux lèvres, je quitte le bureau et m'empare de mon téléphone.

— Zette à Gégé, tu m'entends ?

— Je t'entends, ma coccinelle. L'affaire est dans le sac ?

— Et comment ! Prépare ton maillot, on va se jeter à l'eau.

— Tu es sûre de ton plan, ma Zette ?

— Fais-moi confiance, il ne résistera pas.

— Tu n'as pas vu ton fils depuis un bail.

— C'était nécessaire pour organiser son retour.

Je coupe mon téléphone et rejoins le couloir qui mène à la piscine intérieure. J'ai un drôle de pincement au cœur. Si tout se goupille bien, Oscar reviendra.

— À bientôt, fiston.

Je tourne les talons. Je sais pertinemment que je ne trouverai pas le sommeil. Cela n'a aucune importance. D'ici peu, plus rien ne sera comme avant.

# 1

# Le blues du maître-nageur

Personne ne prête attention au maître-nageur. La dernière fois que vous étiez à la piscine, l'avez-vous seulement regardé ? Il suffit pourtant que vous leviez la tête pour croiser l'œil vide, éteint, de celui qui vous suit durant votre énième brasse digne d'un canard éclopé. Au moins, je bénéficie d'un angle de vue optimal sur les incroyables performances aquatiques de mes chers nageurs. Oui, ce travail rend aigri et sarcastique, mais il faut bien ajouter du sel quand la soupe est fade.

Ma journée se résume en un mot : immobilité. Rester assis, regarder les mômes se chamailler, souffler deux fois dans un sifflet qui écorche les oreilles ; autant se l'avouer, je m'ennuie ferme. Rien ne peut combler ce vide. Pas même mon chewing-gum mâché et remâché, au goût aussi insipide que mon existence.

Les gens ne me voient pas. Du moins, ils ne remarquent que le gars bedonnant et grisonnant qui les jauge de son piédestal rouillé. Je suis bien loin du modèle d'*Alerte à Malibu*. S'ils m'avaient vu il y a cinq ans, j'avais fière allure. Je formais encore de futurs champions de natation et je n'avais aucune gêne à gonfler le torse au bord du bassin. Aujourd'hui, je cache ma brioche sous un tee-shirt blanc et je me contente de siffler pour calmer les gamins qui courent sur le carrelage mouillé.

Je ne tire aucune satisfaction à jouer aux flics à la piscine des Coquelicots. Je pense bien souvent à cette chanson de Cabrel dans laquelle un gamin demande à un sans-abri comment il a fini dans la rue. Je m'identifie à ce bonhomme assoupi sur une feuille morte voletant vers des destinations peu prometteuses. Je me suis fait emporter par les tempêtes, jusqu'à atterrir ici, sur cette chaise laide et inconfortable.

Beaucoup étaient convaincus que je réussirais. J'avais les bonnes cartes. Une suite royale à jouer à la table du destin. Toutefois, quand on est mauvais joueur, et même avec la meilleure main, on commet les pires erreurs. Et on finit ici, abattu, telles ces fichues cartes aussi prometteuses que trompeuses.

Oscar Klein[1] voulait être un grand homme et il en a payé le prix. Mes parents ont fait preuve d'ironie en m'appelant ainsi, à moins que la fatalité ne soit ironique. Le petit homme qui voulait être grand a eu son heure de gloire avant de se retrouver propulsé dans l'anonymat. De mes belles années, il ne me reste que quelques

---

1. *Klein* : signifie « petit » en alsacien et en allemand, patronyme courant en Alsace.

trophées. Les plus marquants étant ma première place au cent mètres dos au championnat de France et ma médaille de bronze aux Jeux olympiques. À présent, ils prennent la poussière sous les combles de la maison maternelle. La célébrité a tout ruiné : ma famille, mon couple, ma vie.

Vous voulez des conseils pour tout foutre en l'air ? Venez me voir, je suis l'agent parfait en réussite sociale et massacre de couples. En vérité, toucher la gloire a été ma plus grande erreur. Plus je m'approchais du but, plus je m'éloignais de ma femme et de mon fils. Pendant des années, j'ai cumulé les compétitions, les rencontres à la TV locale puis nationale, les interviews radio. J'étais sollicité presque tous les week-ends pour des animations en public. Je pensais maîtriser parfaitement ma vie et étais fier de ma réussite. Avec mon salaire d'entraîneur pour l'équipe alsacienne de natation et les cachets publicitaires, ma famille était définitivement à l'abri du besoin.

Quand il était gamin, Anthony me voyait comme un héros. Je ne pouvais pas sortir sans signer quelques autographes ou être arrêté par des notables locaux. Je pensais avoir tout réussi. Ma femme était délivrée de son travail de libraire dans une chaîne reconnue, Anthony fréquentait les meilleures écoles, et nous avions une belle maison avec piscine chauffée et barbecue à gaz pour nous réunir.

Il faut dire que j'ai grandi dans une famille qui ne roulait pas sur l'or. Mes parents étaient de simples ouvriers et je les ai vus se saigner pour nous offrir des vacances au camping de la

Bresse[1], et payer ma licence de piscine. J'ai toujours pensé que je leur étais redevable de m'avoir tant donné. Plus les victoires s'accumulaient, plus je ressentais l'envie de me dépasser, de rendre ma famille fière... et d'obtenir toujours plus.

« Le bonheur ne s'achète pas », me répétait Marie. J'ai eu beaucoup de mal à comprendre ce précepte désuet, et pourtant si vrai. Pendant longtemps, je comblais mes absences en couvrant mes proches de cadeaux. Oubliés les repas dominicaux, surtout en période de compet'. Je pensais me rattraper avec les fêtes en mettant le paquet. Au lieu de passer le réveillon en Alsace, je me targuais d'emmener Anthony et sa mère fêter Noël sous le « Sunlight des tropiques ». Rien de tel pour massacrer ce qui restait de notre petite famille. On peut dire sans ironie que j'étais aveuglé par le succès. Je ne voyais pas le mal et pensais agir au mieux. J'essayais de combler tout le monde, y compris mes parents qui recevaient de somptueux cadeaux le 23 décembre. Colis envoyés bien avant le réveillon pour qu'ils ouvrent leurs paquets en compagnie de tata Mumu et de tonton Dédé qui habitaient juste en face.

Tout le monde saluait ma réussite et comprenait que je sois absent. J'étais loin de penser qu'ils jouaient tous une sorte de comédie pour ne pas briser mon ambition ou me couper l'herbe sous le pied. J'ai tellement cru bien faire que j'ai reproduit le même schéma pendant des années. Décollage le 22 décembre direction les îles, un hôtel de luxe,

---

1. Station de ski située dans le parc des Ballons des Vosges.

spa, massage et cocktails pendant que le gamin s'éclatait avec ses copains de vacances. Tout me semblait parfait. Je ne trouvais même pas à me plaindre de Marie qui passait son temps à bouquiner sur la plage et qui était aussi froide que ma *piña colada*. Après des mois de travail acharné, je savourais quelques jours de calme.

Je pensais les rendre tous heureux et imaginais que la carte postale de notre vie suffirait à les combler.

Rêves à la con. Idées illusoires.

Marie m'a quitté un dimanche. Nous fêtions les soixante-quinze ans de mon père dans la maison familiale. Au moment de trinquer, mon téléphone a sonné. L'appel de ma vie. C'est ce que j'ai naïvement pensé en entendant l'interlocuteur me proposer une rencontre avec l'équipe de France de natation. Moi, entraîneur officiel ? J'ai aussitôt accepté, et après avoir embrassé mes proches, j'ai sauté dans ma voiture pour rejoindre mes futurs poulains en escale alsacienne.

J'allais gagner en notoriété. Le statut suprême de fin de carrière. Trente-cinq ans, des trophées à ne plus savoir qu'en faire, des sponsors, un compte en banque bien rempli et la reconnaissance nationale.

Le soir, j'avais tout perdu.

Je suis retourné chez mes parents en pensant que l'anniversaire s'était prolongé – et avec l'idée de célébrer ma consécration –, mais la fête était finie. Définitivement. Marie était partie. Laissant derrière elle ma famille, choquée, frappée par l'onde de choc. Ils n'ont pas essayé de la retenir, ils ont compris qu'elle n'avait plus la force de m'aimer. De ma femme, il ne me subsistait plus qu'un fils de quatorze ans et une lettre posée sur le chevet de la chambre d'amis.

J'ai erré dans cette pièce durant des heures, tandis que ma mère patientait derrière la porte. Elle avait eu la politesse de ne pas lire le courrier qui m'était adressé. Elle avait bien fait. Les mots étaient nets, tranchants comme une lame : « J'ai veillé quatorze ans sur notre enfant, je lui ai tout donné et j'étais là pour le consoler, pour panser les plaies causées par ta négligence. Si tu ne fais rien maintenant, tu le perdras. Il deviendra un jeune homme en un claquement de doigts, et tu ne seras pas là pour le voir. Tu ne l'as déjà pas vu grandir, alors essaie d'être présent une dernière fois avant qu'il ne soit trop tard. Je dois te céder la place. Je fais ce sacrifice pour lui, même si cela me brise le cœur, même si je hais chacun des mots que je t'écris, je sais que ce sera mieux pour Anthony. Je pars. Je te le confie. Donne-lui cette attention dont il a tant manqué. Tu as perdu mon amour, ne gâche rien avec ton fils. »

Pour ma femme, je n'existais plus. Du moins, je n'avais jamais existé en tant que mari ou père. Je pensais avoir tout fait pour eux. Des sacrifices, j'en ai fait aussi. Mon absence en était un. Tout ce temps passé à tourner des spots publicitaires bidon pour partir ensemble au ski, les sponsors à la noix collés sur ma bécane, les animations à la radio le dimanche matin pour payer les cours de musique d'Anthony... tout ça pour rien. Du solfège ! *Klemi*[1] !

---

1. *Klemi* : « Bordel ! » version abrégée de *Kopftomi*, dérivé de *Vertomi*.

Que j'ai pesté en voyant qu'il désertait le grand bain pour gratter une guitare. Je voulais créer un lien avec lui, nager à ses côtés, lui transmettre le goût de l'effort, mais sa mère s'était engagée à satisfaire ses passions, et non la mienne. J'étais convaincu qu'Anthony serait heureux de suivre mes pas. J'avais tort. Marie m'a quitté, le divorce a été prononcé, et j'ai eu la garde de mon fils.

Avec le divorce, Marie a récupéré sa part et monté sa propre librairie. C'était à elle d'être un peu égoïste pour aller au bout de son rêve. Moi, le mien m'avait porté si haut que je m'étais détaché de ma famille, au point de continuer à cumuler les bourdes malgré les mises en garde de ma femme.

La première a été de quitter l'Alsace pour entraîner l'équipe de France. J'ai inscrit mon fils dans une école prestigieuse, lui ai payé des cours de natation, et me suis consacré à mon projet olympique tandis qu'il préparait son brevet des collèges. Évidemment, j'ai foncé droit dans le mur.

La seconde erreur fut de croire que le travail me ferait oublier Marie. Aveuglé par le boulot, je passais mon temps avec mes poulains pour panser mes plaies… et ouvrir celles de mon fils, à nouveau mis sur la touche.

J'avais enfermé Anthony dans une cage dorée, et puis un jour, il s'est envolé. Fugue. Pour arriver chez mamie Zette. Il lui a fallu trois jours de stop pour parvenir chez elle. Trois jours interminables pendant lesquels je me suis rongé les sangs. J'ai tout plaqué pour le rechercher. Mon équipe, son entraînement, un JT. Tout. Je me fichais des conséquences. La seule chose que je craignais était de perdre définitivement Anthony.

Après l'avoir retrouvé j'ai tout abandonné. Anthony venait d'avoir quinze ans, et son regard était déjà celui d'un homme malmené par la vie. Il fallait que je l'aide à remonter la pente, quitte à ce que ma carrière tombe à l'eau.

J'ai quitté le dynamisme de Paris pour m'installer en banlieue et je me suis trouvé un simple job de maître-nageur. J'avais besoin d'un semblant d'anonymat et de me faire oublier. C'est aussi pour cela que j'ai préféré ne pas vivre en Alsace où j'étais bien plus populaire. Il était hors de question de devoir affronter le regard des gens.

Je redescendais au plus bas de l'échelle afin que l'on m'oublie. Nous avons bouclé nos valises et sommes partis là où ma famille ne viendrait pas nous rendre visite. Les regards compatissants me font souffrir. Il valait mieux prendre de la distance et revenir ponctuellement. Je ne voyais pas d'autre échappatoire. J'ai cumulé les insomnies, les antidépresseurs et l'alcool. Je me suis éloigné de mes parents, de ma gentille tata Mumu, des vignes que j'aimais tant, du Grand Ballon[1] et des interminables dîners dominicaux autour d'une table bien dressée et d'un festin de *Fleischschnacka*[2]. J'ai pris de la distance, mais pour l'équilibre de mon fils,

---

1. Point culminant du massif des Vosges.
2. « Escargot de viande » : pâte brisée garnie de restes de pot-au-feu mixés, puis roulée en forme d'escargot avant

je faisais régulièrement la navette pour rejoindre maman et Mumu. Le décès de papa deux ans après le départ de Marie a hautement contribué à ce rituel. Il fallait que je revienne de temps en temps, au moins pour aider maman. Mais je ne restais jamais plus d'une journée. Je ne me voyais pas dormir chez elle. La blessure était toujours présente, comme si Marie était partie hier. Tous les mois, je traçais donc la route avec Anthony pour passer un moment auprès de ma famille. Du moins, c'était le cas avant que mon fiston ne s'y installe pour de bon. La fugue aurait dû me mettre la puce à l'oreille. Il était bien mieux chez mamie Zette qu'avec son propre père.

Et me voilà encore une fois assis sur ma chaise, à ressasser le passé. J'ai mis ma carrière de côté pour m'occuper d'Anthony et j'ai tout loupé. Il faut l'avouer, je ne suis pas doué en communication, encore moins en cuisine, et pour ce qui est de satisfaire un ado déraciné et en manque d'affection, je suis une calamité. L'Oscar du loser toutes catégories est pour moi. Marie doit s'en arracher les cheveux !

Plus de femme. Pas de maison. Un gamin de dix-neuf ans qui s'est fait la malle il y a un an ; agacé par mes sautes d'humeur et mon penchant pour la solitude, il m'a claqué la porte au nez sans un au revoir. Il a vécu de nombreux mois chez Zette, ma mère, et depuis peu il habite là-bas seul, maman étant partie en

_____

d'être découpée et grillée à la poêle avec du beurre et dégustée avec un bouillon.

maison de retraite. Parfois, je me demande à quoi ressemblent ses journées entre les murs où j'ai grandi. Est-il heureux ? Dort-il dans la chambre où sa mère a déposé sa lettre ? Je n'ai pas eu l'occasion de m'excuser de l'avoir laissé partir. Au fond, nous nous ressemblons je crois. Lui, solitaire dans la grande maison des Klein, moi, isolé entre les quatre murs ternis de mon appartement.

Je n'ai pas osé le voir depuis qu'il s'est installé là-bas. Je crois que la perte de mon fils est bien plus douloureuse que mon divorce. Les liens du sang sont plus solides que la passion amoureuse, pourtant je sens que les nôtres s'étiolent au fil du temps, et j'ignore comment les consolider.

Le travail est mon unique occupation, mais il me détruit à petit feu. J'ai tout le temps de ruminer, assis là, les yeux dans le vague. Au moins ce job monotone m'offre l'avantage d'effectuer quelques longueurs. La nage réconcilie mon âme et mon corps.

Je détends mes jambes et m'étire en jetant un coup d'œil aux douches. Les retardataires s'empressent de se rincer les cheveux tandis que la femme de ménage passe un coup de raclette dans les allées. La piscine va fermer, le calme revient.

Sans trop me presser, je somme les derniers nageurs de quitter les lieux et vérifie que personne ne se trouve dans les cabines. Cette fois, je suis bien seul.

Je passe en revue les moindres recoins, traînant mes claquettes sur le sol javellisé. J'aime entendre le crissement du plastique sur les carreaux.

À tous les coups je repense aux dimanches passés à la piscine du quartier, aux glaces à l'eau et aux baisers de maman. La piscine et moi, c'est une histoire d'amour. Il est évident que les courses et les trophées me manquent, mais j'éprouve tout de même une certaine satisfaction quand le soleil descend derrière la baie vitrée des Coquelicots, nappant le bassin d'une douce lumière.

Ces petits moments ne sont qu'à moi. Tranquille, je regarde les arbres baigner dans les derniers feux du soleil. Assis au bord du grand bain, je plonge mes pieds dans l'eau et savoure sa fraîcheur.

Je me laisse glisser dans le bassin. Les anciens gestes me reviennent. La rapidité n'est plus mon fort, toutefois je reste endurant. Je fais le vide en comptant les allers et retours. Nageant sans but de victoire. Repensant vaguement à celles du passé.

Et il y a eu Marie. Ma plus belle histoire de cœur. Aussi puissante et scintillante qu'une comète. Son amour a brillé avant de disparaître pour toujours. Parfois, je retrouve sa chaleur et sa passion dans le regard de mon fils.

Je sors la tête de l'eau, l'esprit embrumé de souvenirs. Je ne sais pas ce qui me retient ici. La honte ? Certainement. La peur de souffrir ? Encore plus. Anthony a sauté le pas avant moi. Il ressentait le besoin d'être près de sa grand-mère, de tisser des liens pour remplacer les nœuds que je n'avais pas su serrer. Anthony a au moins eu le courage de rentrer chez lui. J'y pense souvent aussi. Je ne me sens pas chez moi. Mais il me faudrait une excellente raison pour faire marche arrière et me ressourcer au pays des cigognes.

Je traîne trop de casseroles pour les trimbaler dans le Florival[1] !

Dépité, je rejoins les vestiaires en prenant soin de passer un coup de raclette derrière moi. Tous les soirs, j'espère tronquer ma solitude par la nage, rien n'y fait. Je suis un irréductible mélancolique, incapable de prendre sa vie en main.

J'essuie ma tignasse poivre et sel d'un rapide coup de serviette. Pensif, je ne remarque pas tout de suite le téléphone qui vibre au fond de mon sac. J'y plonge la main, prêt à ignorer un appel indésirable. C'est l'heure des représentants de sociétés de gaz et des vendeurs de packs Internet.

Aucun numéro anonyme sur mon écran. Seulement un nom : « tata Mumu ».

Mon estomac se noue. Ma tante ne téléphone jamais, sauf en cas de force majeure. La dernière fois, c'était pour annoncer le décès de tonton Dédé.

J'adore Muriel. Mumu tout court, elle préfère qu'on l'appelle ainsi. Elle vivait à deux pas de ma mère qui est plus âgée d'une année ; on pourrait les prendre pour des jumelles. Les deux sont cul et chemise, et appréciaient une petite liqueur de mirabelle au goûter avec de la tarte aux quetsches. À soixante-dix-huit et soixante-dix-neuf ans, elles sont veuves et entièrement autonomes, et ont un sacré penchant pour la bière pression. La

---

1. Nom donné par les poètes à la vallée de la Lauch située sur le versant alsacien des Vosges dont la ville principale est Guebwiller. La Lauch est une rivière qui prend sa source dans le lac artificiel du même nom.

perte de leurs maris a renforcé leur lien, si bien qu'on aurait pu croire qu'elles partageraient le même toit. Ensemble, elles ont passé de merveilleux « après-midi belote et *Kaffee-Kuchen*[1] » à jouer et à confectionner des tartes en compagnie d'Anthony. Quand maman a annoncé qu'elle partait en maison de retraite, Mumu en a fait une syncope. D'autant plus qu'elle la soupçonnait d'y aller uniquement pour rejoindre Gégé, leur voisin qui a pris ses cliques et ses claques pour s'installer aux Cigognes. Maman a prétexté qu'elle était trop fatiguée pour gérer la maison et le potager ; les Cigognes devaient lui permettre de couler des jours heureux et paisibles. Mais nous savons tous qu'elle court comme un cabri et qu'elle pourrait participer à un bal folklorique au printemps ! Il lui fallait une bonne excuse pour le rejoindre, sauf que Mumu n'a pas eu le cœur de la suivre. Vivre avec des personnes âgées et loin de son jardin lui file le cafard. Et je la comprends. Moi non plus je ne supporte pas l'idée que maman loue un appartement minuscule aux Cigognes. D'ailleurs, je ne parviens pas à y mettre les pieds. Savoir qu'une personne vive et alerte comme elle a fait délibérément ce choix, ça me dépasse. Voir tous ces papis et mamies attendant leur famille comme le Graal me bloque. Fichu cercle vicieux ! Les jeunes sont déprimés par les plus vieux et ne reviennent presque plus, alimentant la détresse de leurs anciens.

---

1. Littéralement « café-gâteau ». Se dit d'une pause goûter, souvent entre « bonnes femmes ».

Penser à ma mère et à ma tante me rend honteux. Je donne très peu de nouvelles et ne les appelle presque jamais. Je n'ose pas répondre. J'ai bien trop peur d'affronter la réalité et d'encaisser une volée de reproches.

Le téléphone continue de vibrer sur le banc des vestiaires. Ses vibrations résonnent dans la pièce d'un blanc immaculé. Les ondes se répercutent autour de moi et rebondissent sur les murs carrelés. *Brrr Brrr*. Mon corps tremble en même temps. Je frissonne un peu, gêné d'avoir si longtemps évité de leur rendre visite.

Je détourne le regard de l'écran et enfile un tee-shirt sur mon torse humide.

Il s'agit certainement d'une mauvaise manipulation. Je ne vois pas pourquoi ma tante chercherait à me joindre. Anthony vit en face de chez elle, s'il y a quoi que ce soit, elle peut compter sur lui.

Le téléphone s'active à nouveau. L'écran s'allume et affiche un message. Mumu encore.

Josette a perdu les pédales… Viens vite.

Je compose aussitôt le numéro.

J'entends à peine la tonalité que j'assomme ma tante de mille questions.

— Mumu ? Où est maman ? Qu'est-ce qui se passe ?

— Je vois que mon neveu a retrouvé l'usage de sa langue. Bonjour, *Oscarala*[1].

---

1. « Petit Oscar ». Le « la » est un suffixe qui signifie « mignon, petit ».

— Bon… bonjour, tantine.

— Tu aurais dû rester plus longtemps chez nous, vivre en métropole t'a fait perdre tes bonnes manières.

— Je te l'ai déjà dit mille fois, je travaille en « banlieue » parisienne, pas à Paris.

— Pareil pour moi. L'air pur des Vosges doit te manquer pour que tu respires aussi mal.

Mumu dans toute sa splendeur. Chauvine comme ce n'est pas permis, et incroyablement observatrice, même au téléphone ! Avec elle, pas de secrets. Gamin, j'avais intérêt à ne pas siffler un coup de schnaps dans sa réserve, sinon tout le quartier était alerté !

— Tu comptes me faire la morale encore longtemps plutôt que de m'expliquer ce qui arrive à maman ?

— Le temps qu'il te faudra pour comprendre que tu devrais ramener tes fesses !

Si je n'avais pas lu son message quelques minutes plus tôt, je crois que je rirais. Le franc-parler de Mumu m'a manqué.

— Je ne peux pas partir quand je veux Mumu, je dois donner une bonne raison à mon patron de m'accorder un congé.

Silence.

La respiration de Mumu est plus forte, sacca-dée. Si j'étais là, je serrerais dans mes bras ma tendre tata aussi petite et fripée qu'une vieille pomme.

— Mumu, tout va bien ?

Je l'entends frotter un mouchoir sur son visage.

— Zette a pris rendez-vous avec un notaire. Elle veut revoir les clauses de son testament. Je ne sais pas ce qui lui prend, j'ai peur que le Gégé ait quelque chose à voir là-dedans !

— Attends, Mumu, tu t'emballes un peu vite là, ça ne ressemble pas à Gégé d'agir en douce. Il a été votre voisin pendant plus de trente ans, c'est plutôt le genre de bonhomme serviable et à l'écoute. Et puis, c'est l'argent de maman, elle en fait ce qu'elle veut.

— Il s'agit d'héritage ! De ce qu'elle va léguer à toi et ton fils. Oscar, tu vas bientôt recevoir un courrier de la part de Zette t'annonçant un rendez-vous officiel. Cette histoire ne sent pas bon du tout. Zette a écrit ses vœux au décès de ton père ; ils étaient inchangés jusqu'à ce qu'elle fréquente notre voisin. Tu ne vas pas laisser un soupirant tout chambouler !

Le ton de Mumu est assez alarmiste pour me secouer. Je ne vois pas suffisamment maman pour juger si Gégé a une mauvaise influence sur elle. J'imaginais qu'elle s'était simplement fait un bon compagnon. Et si je m'étais trompé ? Je n'ai jamais osé lui demander trop de détails sur cette relation. Maman est une femme passionnée, prête à tout par amour. Oh oui, elle a fait les quatre cents coups à l'époque où elle a commencé à fréquenter mon père. Et si l'amour lui avait fait perdre la boule ? On entend assez parler de personnes âgées manipulées...

Je ne peux pas me résoudre à jeter la pierre à ce papi qui a tant soutenu ma mère quand papa était malade. Excellent compagnon de belote et de promenade, il l'a aidée à surmonter son deuil. Non, si quelqu'un manipule maman, cela doit venir de sa nouvelle belle-famille, je ne vois pas d'autre explication. Peut-être que Gégé en est lui-même victime.

Imaginer la maison familiale entre d'autres mains me fend le cœur. Je pensais qu'Anthony en serait l'héritier. Il a déjà été assez déraciné. Je ne veux pas qu'il subisse un nouveau coup du sort.

— Je viens tout de suite.

— Fais vite. Tu devrais pouvoir la convaincre d'annuler ce rendez-vous.

— C'est totalement dingue. Il suffit que je ne vienne pas pendant quelques mois pour que les choses partent en vrille !

— Tu ne restes que quelques heures dans le coin à chacune de tes visites et tu es aussi loquace qu'une truite ! Normal que les choses s'enveniment. Tu ne comprends donc pas ? Que ce soit du fait de Gégé ou de Zette, sa décision est liée à ton absence. Tu n'es plus là pour elle, alors…

— Elle me déshérite ainsi que mon fils qui vit avec elle depuis un an ? Tu te moques de moi ? Maman ne ferait jamais une chose pareille, pas à Anthony, pas de son propre chef.

— *Oscarala*, tu viens ou pas ? Je sais que tu as une confiance absolue en Zette, mais il se passe des choses aux Cigognes et ni toi ni moi ne sommes assez proches pour voir ce que son don Juan complote !

— On dirait que tu ne l'aimes plus des masses, le Gégé…

— Plus depuis qu'il a poussé ta mère à partir avec lui dans le genre de lieu qu'elle déteste !

Et toc ! Mumu et l'art de remettre les choses à leur place.

— Je t'attends pour demain midi, une bonne choucroute te remettra sur les rails.

— Quel est le rapport avec ta choucroute ?

— Je ne sais pas. Mais j'aime descendre quelques bonnes bières quand j'en prépare une et je suis légèrement pompette.

— Autrement dit, la choucroute est prête, tu es déjà un peu saoule et tu essayes de m'attirer avec un bon repas ?

— Et quelques bières alsaciennes, chuchote-t-elle malicieusement.

— Garde-les au frais.

— Alors, tu seras là demain midi ? insiste-t-elle avec espoir.

— Seulement si tu as des Fischer.

— Tu ne croyais pas que j'allais te servir une cochonnerie ?

— Je me méfie des mamies gâteuses.

Je raccroche, certain que ma petite pique lui a redonné le sourire. Le mien reste triste, je suis inquiet pour maman. La boule au ventre, je prépare mes affaires. Et si ma mère n'était plus tout à fait la même ?

# 2

# Fitness et crêpes aux myrtilles

Un pas après l'autre, Momo, tu peux le faire !

En sueur, les jambes tendues, je répète laborieusement les mouvements de Kevin qui se trémousse sur un air de Beyoncé. Sacré Kevin ! C'est bien le seul prof de gym que je supporte. Avant lui, il y a eu des Kelly, Sandy ou Maria toujours avenantes, bien peignées, souriantes et d'une tonicité à faire pâlir Claude François. Résultat, au bout de trente minutes, je me retrouvais avec des cheveux collés au front, mon legging bien planté entre les fesses et évidemment, aussi avachie et essoufflée qu'une mule. Soyons sérieux, personne ne supporte cette torture moderne. Seules les héroïnes de fiction s'activent avec plaisir. Celles-ci ont l'air de sortir de sitcoms espagnoles, remuent du popotin avec le sourire et se dopent aux smoothies pomme-kiwi-citron-vert, heureuses de massacrer leurs mollets à coups de step.

Moi, je suis plutôt ours grognon, incapable de me presser une orange sans avoir avalé ma dose de caféine. J'émerge lentement, me traînant jusqu'à la cuisine où je bois un cappuccino bourré de sucre et de chocolat. Je n'ai ni les moyens ni vraiment le temps de prendre soin de moi... ou bien je ne fais pas d'efforts pour en trouver ? Ça se discute. Ma priorité reste l'éducation de mes deux adorables ados et la gestion de leurs élucubrations de jeunes filles.

Ce rendez-vous quotidien avec Kevin me permet au moins de dépenser mon énergie – plutôt que mon salaire de cantinière en maison de retraite – dans une séance de sport à domicile. Pas besoin de claquer la moitié de ma paie dans une salle de fitness. Mon salon me suffit. L'avantage des cours de gym à la télé tient en trois points :

1. Kevin n'est pas une bimbo parfaite qui clôt chaque séance sans avoir perdu une goutte de transpiration. Bon sang qu'il est rageant de se retrouver trempée de la tête aux pieds tandis que la présentatrice garde toute son insolente et insupportable fraîcheur !

2. Personne ne peut m'observer et rire quand je manque de m'assommer avec les obus qui me servent de poitrine.

3. Je suis libre de danser comme je veux, même en ayant autant le sens du rythme qu'une machine à laver en mode essorage !

On ne va pas se mentir, ledit Kevin est beau gosse, ça aide à faire passer la pilule. Du moins, se rincer l'œil en me trémoussant est bien plus jouissif que de pleurer sur un ventre plat que je n'aurai jamais.

Derrière moi, dans la cuisine américaine, mes deux filles s'activent avant d'aller au lycée. Un parfum de beurre et de sucre flotte dans l'air, réduisant à néant tous mes efforts athlétiques matinaux.

— Vous êtes priées de manger toutes vos crêpes, maman s'en passera !

Les chipies éclatent de rire et déboulent dans le salon. Concentrée sur mon écran, je les ignore tout en poursuivant mes exercices. Dans le reflet du téléviseur, je vois mes deux petites nanas assises sur le canapé juste derrière moi.

— Avoue-le, tu meurs d'envie d'y goûter, me taquine Lucie en croquant dans un *pancake* aux myrtilles encore chaud.

Je m'humecte les lèvres, défiant la délicieuse pâtisserie qui trône sur l'assiette de ma cadette. Lucie et Camille ont le chic pour préparer des petits déjeuners à tomber. Elles savent que je cède chaque fois à leurs talents culinaires... qu'elles tiennent de moi, évidemment.

— Tu ne m'auras pas si facilement. Ni ton parfum ni tes myrtilles saupoudrées de sucre ne me feront craquer !

Vite, un regard vers Kevin et me voilà accroupie pour ma série de flexions-extensions.

— J'hallucine, la voilà qui parle aux crêpes ! s'exclame Camille qui se penche à ma hauteur pour m'observer. Tout va bien maman ?

— Vous n'avez rien d'autre à faire que de me torturer ? Filez à l'école !

— La colère, voilà le premier signe d'addiction, souligne Lucie. Le processus de sevrage est difficile pour les accros du sucre, et je sais ce que je dis !

Je n'ai pas besoin de voir Lucie pour comprendre qu'elle vient d'engloutir le contenu de son assiette. Lucie et moi nous ressemblons comme deux gouttes d'eau, avec seize ans de moins. Petite, potelée, poitrine généreuse, elle est incroyablement pétillante et sûre d'elle. Joueuse, elle mastique bruyamment sa crêpe. Le genre de son irritant, pareil à ce que l'on entend dans le train quand un voisin ouvre un paquet de chips. Dans ces moments de détresse auditive, j'ai juste envie de hurler : « Mon gars à ce compte-là, fais-en profiter tout le monde ! »

— Tu vois son front ? Il commence à rougir. Elle est sur le point de craquer, continue Lucie qui se donne des airs de spécialiste en « addiction sucrière ».

Je me redresse et lui colle un gros *Schmoutz*[1] sur la joue.

— Lucie, tu es la pire des tentatrices. Et tu sais quoi ? Je t'aime pour ça, ma sale gosse d'amour.

— C'est réciproque, répond ma cadette qui m'adresse un clin d'œil. Le petit déjeuner t'attend, nous, on file au lycée.

Elles m'entourent et me font chacune un baiser sur la joue. Autant Lucie me ressemble avec sa tignasse brune et bouclée et ses lunettes

_____
1. « Bisou affectueux ».

rondes ; autant Camille est à l'opposé. Blonde, élancée, poitrine discrète et teint de colombe, elle tient ses traits et son calme de son père.

Je ne peux réprimer un sourire nostalgique en les regardant quitter notre appartement. Elles ont grandi entre les murs de cette demeure traditionnelle. Ici rien n'a changé. Les encadrements portent les traces de leurs tailles que je notais depuis leur plus tendre enfance. Il m'arrive encore de m'arrêter pour caresser les encoches et de vouloir retenir le temps. Retourner à l'époque où ma présence leur suffisait. Maintenant, tout est différent. La rancune les rend amères et je paie souvent les pots cassés par leur père.

Je m'installe à table. Les filles sont parties, la maison est tranquille. Je ne devine même pas la présence de la vieille dame qui vit en dessous. L'adorable mamie Mumu qui a accepté de me louer son étage quatorze ans plus tôt. Il y a quelques mois encore, on pouvait entendre Mumu discuter pendant des heures avec sa sœur Zette. Les deux refusent d'être nommées autrement. Il n'y a rien de plus mignon que deux grands-mères qui se font appeler par des surnoms enfantins. Le contraste n'est pas particulièrement marqué, car le sourire de ces chères mamies demeure malicieux. Côtoyer des personnes âgées est une source inépuisable de joies et de partage. Surtout quand il s'agit de frangines accros au tarot et qui connaissent les moindres anecdotes cocasses sur le voisinage.

Ce matin, pas un bruit. C'est ainsi depuis le départ de Zette. Elle a quitté sa demeure, juste en face de la nôtre, pour vivre en institut. Elle m'a dit avoir pris cette décision pour éviter que sa sœur ne la voie dépérir. En tout cas, elle a choisi le lieu idéal pour finir ses jours, car j'y travaille. Penser à Zette me coupe l'appétit. Depuis qu'elle loue un petit appartement aux Cigognes, son sourire n'est plus le même. Sa sœur lui manque et ses douleurs se sont amplifiées. Il me tarde de lui préparer un bon repas et de lui tenir compagnie.

7 heures. Il va falloir que je mette les bouchées doubles. J'avale mon cappu d'un trait et file sous la douche. Moins de trente minutes plus tard, me voilà apprêtée, vêtue d'un simple jean et d'un chemisier rouge aux boutons sauteurs. Avec du bol, le concierge en prendra un dans l'œil s'il se penche trop pour observer mon décolleté !

Après avoir traversé une partie de la route du Florival et évité trois accidents, j'arrive enfin au travail. En retard comme d'habitude. Je n'y peux rien. J'ai tendance à rêver et à oublier l'heure quand je ressasse ma vie, seule dans ma petite cuisine.

D'un pas alerte, je découvre le « laboratoire » qui est déjà embué. Mon commis a posé trois cocottes sur le feu et l'eau bout si fort que l'une d'entre elles menace de déborder. En deux enjambées, j'accède au vieux piano et réduis les brûleurs. Il me suffit d'un coup d'œil dans la remise qui se trouve à ma droite pour débusquer Rémy qui jongle avec trois monstrueuses conserves de petits pois carottes.

Je le rejoins et le soulage d'une boîte.

— Une par une Rémy, tes légumes ne vont pas se sauver.

— Tu es en retard, on m'a dit que je devais commencer.

Depuis six mois, ce jeune Sénégalais de dix-neuf ans m'accompagne en cuisine et subit les colères de la nutritionniste qui peste à chaque modification du repas... autrement dit tous les jours. Le malheureux gamin ne sait plus sur quel pied danser vu ma manie de tout changer à la dernière minute.

— Laisse-moi deviner : Julie a commandé une purée de pommes de terre, des petits pois carottes et des steaks hachés, non ? Et tu sais ce que je vais faire ?

Rémy éclate de rire avant de me donner le cochon qui nous sert de tirelire pour que j'y glisse deux euros. La pièce tinte bruyamment contre les autres. Encore une fois, le pari est gagné, et Rémy aura bientôt assez d'argent pour s'acheter un vélo. Voilà ma façon de le remercier pour sa gentillesse et son sérieux... et de m'excuser des répercussions. Et il n'aurait jamais accepté que je lui en fasse cadeau, c'est pourquoi j'ai mis en place ce jeu quotidien qui nous permet de supporter la mauvaise humeur de notre chère nutritionniste qui ne tolère pas que je touche à ses recettes.

— Si tu devines ce que nous allons préparer, je rajoute une pièce.

Il hausse les épaules et fait la moue.

— Moi, je ne vois que des boîtes et des patates. Rien qui fasse rêver. À part préparer une tourte, je n'imagine pas d'autre manière de valoriser ces produits.

Je prends la passoire et trie les carottes sous le regard médusé de Rémy qui jette un coup d'œil à sa montre.

— T'en fais pas, on terminera à l'heure.

— Tu ne comptes pas séparer tous les légumes ?

— Et pourquoi pas ? Les pensionnaires ont besoin d'un brin d'évasion et d'exotisme, autant les emmener en voyage avec un plat qui réjouira les papilles.

— Et les « mamies » ! s'esclaffe mon adorable commis.

Même s'il me lance cette blague une fois par semaine, je ne résiste pas à son sourire ravageur et lui réponds par un clin d'œil complice.

— « Papilles » et mamies se régaleront. Julie a prévu des yaourts nature ?

— Oui, on a encore un stock à écouler.

— Parfait, nous avons notre entrée et notre dessert. Tu vas concocter une sauce blanche pour agrémenter une macédoine de carottes et de haricots. Il doit en rester une conserve. On utilisera le reste de yaourt pour cuisiner trois cakes bien moelleux et peu sucrés. Ils ont le droit de déguster une pâtisserie, nos « petits vieux ».

— Tu n'as pas peur que Julie t'enguirlande ?

« Enguirlander », seul mon petit Rémy est capable d'utiliser ce genre d'expression. Je l'aime rien que pour sa façon de parler.

— Qu'elle vienne donc ! Je respecte ses ingrédients à la lettre. Le pain sera remplacé par un bon gâteau allégé en sucre et en beurre qui fera du bien à tout le monde. On ajoutera un peu de citron et ce sera tip-top !

Rémy fait la moue. La dernière fois que Julie m'a cassé les pieds avec mes recettes, je n'en menais pas large.

— La directrice apprécie mon travail, ce n'est pas la nouvelle diététicienne qui me mettra à la porte. Promis, tu resteras ici sous ma protection, mon petit commis chéri !

Je lui plante un *Schmoutz* sur la joue avant de reprendre mes occupations.

— Et le plat principal ?

— Direction le Maroc avec un tajine de boulettes aux petits pois et aux pommes de terre sautées et épicées.

— Sérieusement, je me demande où tu pêches des idées pareilles. Si seulement le personnel de l'établissement avait autant d'imagination pour animer les journées des résidents.

— Toi, tu ne devrais pas bosser en cuisine, je te l'ai déjà dit. Tu as trop d'empathie. Tu es un homme de terrain.

— Un homme sans diplôme et qui ne maîtrise pas la langue écrite. Déjà deux fois que je loupe le concours d'infirmier. Il vaudrait mieux que je retourne au pays.

— Mais bien sûr ! Encore une ânerie qui te vaut une pièce de moins sur ton pactole. Retire donc un euro de la tirelire cochon, ça me fera des économies. Ma fille te donne des cours pour améliorer ton français, bientôt tu seras fin prêt pour tes examens.

— En attendant, j'aimerais pouvoir aider nos petits vieux, je déteste la façon dont on les isole.

L'air triste, Rémy poursuit la préparation des entrées. Les résidents l'inquiètent. Il ne peut pas s'empêcher de leur rendre visite après le travail. J'ai beaucoup de plaisir à l'écouter leur conter des histoires du Sénégal en jouant du djembé. L'instrument ne quitte pas la cuisine. Il le garde pour sonner l'heure des repas et apporter un peu de vie aux Cigognes.

Les pensionnaires ont le luxe d'un superbe jardin et d'une piscine intérieure. Cette dernière n'est qu'un prétexte pour détendre leurs jambes lourdes, et l'animateur chargé de les occuper s'est volatilisé il y a quelques années sans être remplacé.

— On aurait besoin d'un miracle pour égayer cet endroit, poursuit Rémy.

— De quel genre ?

— Faire venir celui qui redonnera le sourire à nos aînés. « C'est pendant que le vieux seau est encore là qu'il faut en fabriquer un neuf. »

— Toi et tes proverbes ! Passe donc la serpillière au lieu de philosopher. Le vrai miracle serait que tu prépares le repas sans saloper le sol.

Je ris pour lui remonter le moral, mais le cœur n'y est pas. Le petit a raison. Les Cigognes ont besoin de sang neuf.

# 3

# Rendez-vous en terrain connu

Les géraniums sont toujours aussi beaux. La lumière de cette fin de matinée ravive leur éclat. Même si maman n'est plus là, Anthony doit certainement veiller sur ses plants.

Mon enfance s'est passée sous les pétales rouges et soyeux de ces fleurs tant aimées en Alsace. Il me suffit de jeter un coup d'œil aux balcons pour m'émerveiller devant les belles grappes rouges et roses qui fleurissent les balustrades.

Je ne suis pas venu depuis si longtemps.

Au début, je rendais souvent visite à maman, mais j'ai vite été lassé de justifier mon absence aux compétitions sportives. Les premiers mois après ma séparation, je ne pouvais pas me rendre dans un magasin sans être arrêté par des curieux. C'était sans compter sur l'insupportable compassion du voisinage. De temps en temps, je déposais mon fils, mais je repartais aussi sec pour éviter d'être confronté à tout cela.

Ce matin, je me sens obligé de faire une halte devant le portillon de mes parents. Peut-être est-ce parce que je sais que l'avenir de leur demeure est en sursis ? J'aurais pu rester chez moi, mais j'ai accepté de revenir car une partie de moi est attachée à ce lieu et que je dois avoir peur de le perdre. J'ai vécu ici, j'y ai été heureux bien avant que tout parte en vrille.

Je ne pensais pas être aussi attaché aux tendres colombages qui ornent la façade. Tout semble figé. Mon ancien chez-moi n'a rien perdu de son charme. L'avant du jardin, composé d'un petit salon de thé, a gardé toute sa sérénité et sa douceur. Une table en fer-blanc entourée de chaises aux dos en forme de cœur se trouve sous la fenêtre de la cuisine. Petit, je m'y installais pour goûter, et maman prenait un délicieux plaisir à ouvrir la cuisine pour que le jardinet exhale le parfum d'une tarte sortie du four. Comme j'ai pu aimer cette période de ma vie !

Ému, je reste appuyé au portail bleu, fixant la fière bicyclette que maman avait récupérée pour la recycler en une superbe jardinière. Deux paniers y sont accrochés et débordent d'hortensias bleus et roses. Leurs couleurs virent au pastel en cette fin d'été. On croirait qu'elle n'est pas partie. Sa présence est dans chaque élément du jardinet, jusque dans la merveilleuse odeur de tarte aux pommes qui titille mes papilles.

— Tu comptes rester là toute la journée ?

Sans me retourner, je continue d'observer le gazon suisse et ses multitudes de fleurs aux teintes chaleureuses.

— Tu as merveilleusement bien entretenu le jardin, Mumu.

— Garde tes compliments pour plus tard. Ton fils mérite les lauriers, pas moi.

Anthony.

J'ai du mal à respirer tout à coup. Mumu pose une main sur mon dos – à défaut de mon épaule qui est bien trop haute pour elle – et me le tapote doucement.

— Tu dormiras chez moi ce soir, je sais que tu n'es plus à l'aise ici. Tout va bien se passer. On est tous ensemble maintenant, le reste n'a plus d'importance.

Je suis touché par la compassion de ma tante. Anthony est parti de façon bien plus houleuse que sa mère. Une énième dispute au sujet de ses études au conservatoire de Mulhouse a suffi pour le décider à partir. J'aurais agi de la même façon si mes parents m'avaient mis des bâtons dans les roues.

— Courage, Oscar, essaie de rester pour le week-end, ça te changera.

Je la prends dans mes bras. Son parfum éveille de tendres souvenirs. Elle sent bon le savon de mamies, un mélange de camomille et de jasmin dont elles se partagent le secret. Quand Anthony était petit, il gardait un châle de mamie Zette pour dormir. Il était très lié à sa mamie qui s'occupait de lui lors de mes nombreuses compétitions sportives.

— Ça va, *Mannala*[1] ?

_____

1. « Petit bonhomme ».

Pour me donner du courage, je respire une dernière fois les cheveux blancs de Mumu avant de lui embrasser la joue.

— J'espère que tu as réservé une bière au frais, j'ai besoin d'un remontant.

— Mieux vaut deux bouteilles qu'une ! s'exclame-t-elle en me prenant la main.

Ravie de me retrouver, elle me fait traverser la rue, presque en sautillant sur ses frêles jambes. Mumu n'a rien perdu de sa bonne humeur et de ce zeste de folie enfantine qui me plaisait tant quand j'avais l'âge d'Anthony. Toutefois, ma douce tantine a pris de nouvelles rides, et son sourire est fatigué. L'éclat de ses yeux d'un bleu profond s'est terni ainsi que celui de sa chevelure autrefois d'un blanc de perle.

— C'est bon de te voir à la belle saison. Je ne sais plus quand j'ai pris le temps de savourer une bière fraîche en ta compagnie, dit-elle, nostalgique.

— J'avoue que ça fait un bail...

— Tu devrais passer davantage de temps dans le coin. Tu sais combien la région est belle et accueillante quand l'été s'installe. Et puis, il y a bien assez de place dans ma maison pour que tu puisses y loger le temps que les choses aillent mieux avec Anthony...

— Ne mets pas la charrue avant les bœufs, Mumu. Tout ne va pas s'arranger d'un coup de baguette. Je ne veux pas passer ma vie à me justifier et à ressasser le passé. J'ai un travail, maman est en maison de retraite... et mon fils m'évite comme la peste.

— Mon pauvre chou, au risque de te faire de la peine, sache que ta notoriété a bien baissé. Et tu as pris un sacré coup de vieux ! Pas sûr que l'on te reconnaisse comme avant.

Je me prends sa repartie comme un coup de massue.

Ma tante adorée sait enfoncer le doigt là où ça fait mal, et plus profondément encore. Ai-je été assez stupide pour tourner le dos à tout le monde alors qu'il était évident que je finirais aux oubliettes ? Mumu a appuyé sur un bouton que j'avais pris soin d'éteindre. Le mal est fait. J'ouvre les yeux, et bordel, j'ai honte de moi.

Vaniteux. Voilà ce qui me définit le plus.

D'une certaine manière, j'étais blessé que l'on me reconnaisse comme celui qui avait tout perdu, mais j'avais encore plus peur de n'être plus personne. On y est. Je suis juste Oscar Klein. Un pauvre type qui se pavanait dans les rues en oubliant de tenir la main de son gamin.

Merci le franc-parler alsacien de Mumu, ça ouvre les yeux et secoue autant qu'un bon coup de schnaps !

Je n'avais jamais vu les choses sous cet angle. Pourtant, Anthony m'a longtemps reproché mon égocentrisme. Je le justifiais en lui rappelant combien j'avais œuvré pour réussir ma vie. Parfois, la réussite nous aveugle aussi.

— Ne reste pas planté là, cette histoire de bière m'a donné soif, gronde Mumu.

Penaud, je la suis les mains dans les poches.

Lorsqu'elle pousse le portail en bois blanc, un énorme chien apparaît.

— Bon sang, Schötzi[1] ! Quel plaisir de te voir !

Le dogue allemand a perdu de sa superbe. Sa robe d'un noir de jais est devenue grise et rêche. Certaines parties de sa croupe sont en piteux état car Schötzi a la fâcheuse manie d'y passer ses nerfs en se mordillant.

— Eh bien, ma petite mémère, tu m'as oublié ?

Je m'agenouille pour me mettre à sa hauteur. Presque centenaire, elle avance doucement, me jetant un regard inquiet, se demandant si elle rêve ou non. Car elle a dû rêver de moi durant de longues années, lorsque nous allions courir dans le vignoble de Guebwiller afin de jouir d'une vue splendide sur les hauteurs qui embrassent les contours de la ville. Chaque jour, je l'emmenais gravir la grande butte pour garder mon endurance et tester mon souffle à l'effort. Elle était jeune, elle n'avait qu'un an. Elle adorait crapahuter en forêt et suivre son maître qui collectionnait les médailles.

— Tu oublies qu'elle est à moitié sourde et aveugle, me rappelle Mumu. Le temps continue son chemin et n'épargne personne, pas même les gentils toutous.

*Et encore moins les irréductibles comme moi*, pensé-je en observant la chienne qui est allée se cacher à l'ombre du lilas en fleur. Je prends conscience subitement du poids des années. Le

---

1. Littéralement « petit trésor ». Vient du mot allemand *Schatz* qui veut dire « trésor ». Diminutif affectueux alsacien (ici donné en prénom au chien).

regard triste et vide de Schötzi me renvoie le mien tel un miroir.

Je m'approche d'elle et la caresse sous le regard attendri de Mumu. Pauvre animal frappé par le temps et la tristesse. Elle me fixe de ses yeux qui ne me voient pas. Pourtant, j'y décèle une lueur. Faible, pareille à une éclaircie un jour de pluie. L'Alsace me rend un poil romantique, j'avais oublié ce détail.

Après des années de déni, le jardin me ramène à des souvenirs tendres et délicats. L'hiver dernier, je n'ai pas prêté attention aux détails. J'ai agi comme un automate. Je suis passé le 25 décembre pour déposer mes cadeaux et j'ai fait demi-tour, la boule au ventre. Aujourd'hui, ma chienne couchée sous le lilas parfumé m'évoque des images colorées, des courses dans le jardin fleuri, des glaces à l'eau léchées sous un soleil cuisant. Malgré moi, je les éprouve de toutes mes forces, de tout mon cœur. Ce que j'ai voulu effacer demeure intact. Mince, l'amour perdure quand il est sincère. Serais-je chauvin en fin de compte ?

J'aime ce lieu, c'est indéniable, et ce matin quelque chose me pousse à profiter de l'instant. Peut-être est-ce l'air chaud de l'été ou l'odeur délicate des fleurs qui raniment mes sens ?

Mes yeux se gorgent de larmes. Bon sang ! Je ne vais pas chialer comme un gosse ! J'ai toujours été froid, distant avec cette région où mon cœur s'est brisé, pourtant mon cœur tambourine aujourd'hui, fort, si fort que j'en suis étourdi. Compatissante, Schötzi me lèche la joue et m'arrache un sourire.

J'ouvre les yeux. Un regard au tablier bleu de Mumu me renvoie subitement aux après-midi passés à l'observer dans sa cuisine. Comment ai-je pu renier cet amour ?

— Serait-ce un sourire que je devine sur ton visage ? me taquine Mumu.

— Toutes ces années, je suis passé vous voir uniquement par devoir. J'ai le sentiment de n'être jamais réellement revenu...

— Oh oui ! On en parle souvent avec Zette, un fantôme serait moins discret que toi.

— C'est certain que je ne suis pas du genre à hanter la maison de mon enfance...

— N'en sois pas si sûr. Les spectres reviennent parce qu'ils n'ont pas fini leur tâche sur Terre. Dis-toi bien que tes racines et ton destin sont ici. Quoi que tu fasses, où que tu ailles, tu reviendras dans la maison de tes parents. Mais je vois bien que tu n'es pas encore prêt à y mettre un pied... ça viendra.

— Vu l'urgence de ton appel, j'ai pris mon vendredi...

— Pour rentrer plus vite, non ?

J'opine du chef, un peu ennuyé d'être percé à jour.

— Et le voilà qui recommence ! Oscar, c'est ta dernière chance. Si tu ne te bouges pas l'*Arsch*[1], tu nous perdras tous. Ne rebrousse pas chemin.

*Et vlan !* Magnifique crochet du droit de tata Mumu. Le coup est dur à encaisser, mais il a le mérite de me réveiller.

---

1. Familier : le « cul ».

— Cela risque d'être long, mais tu dois croire en l'avenir. Anthony a un bon fond, comme toi, et je suis convaincue que vous irez mieux tous les deux, si tu daignes rester dans les parages ! Ce n'est pas en jouant au père et au fils par intermittence que les choses s'arrangeront.

— Attends une minute Mumu, tu m'as fait venir parce que maman perd la boule ou pour que je m'occupe d'Anthony ?

— Pourquoi ne pas faire d'une pierre deux coups ? Tu vas à la maison de retraite, tu convaincs Zette d'habiter ici, et je t'aide à faire la paix avec Anthony. Ce serait un bon échange, non ?

— Je vois que tu as des idées derrière la tête !

— Toujours, mon *Oscarala* ! Surtout quand il s'agit de ton bonheur.

Je me redresse, un peu gêné par la marque d'affection de Mumu.

— Oscar, sincèrement, tu pourrais rester ici sans travailler, n'est-ce pas ? Avec la vie que tu mènes et l'argent que tu mettais de côté, ne me fais pas croire que tu n'as pas les moyens de tout plaquer pour renouer avec ton fils.

— J'ai les moyens, mais ce n'est pas le sujet. Si j'ai décidé de vivre ailleurs, c'était pour Anthony, pour le préserver. Il ne supportait pas d'avoir un père trop occupé par sa passion, alors j'ai choisi une vie beaucoup plus simple afin de passer du temps avec lui, mais ça n'a servi à rien.

— Parce que tu jouais un rôle. *Klemi !* Tu devrais cesser cette comédie, apprendre de tes erreurs, et t'y frotter, une fois pour toutes ! La réalité est souvent douloureuse à admettre, mais cela vaut mieux qu'une vie d'illusions.

J'ai l'impression d'être retourné deux ans en arrière. Mumu m'a déjà tenu ce genre de discours. J'essaie de me concentrer sur le sujet de ma visite pour éviter une énième et interminable mise à l'amende.

— À quelle heure pourrons-nous voir maman ?

— Es-tu prêt à rester ?

— Ce n'est pas à l'ordre du jour. N'essaie pas de me forcer la main, Mumu, tu ne m'aideras pas comme ça.

— On ira voir Zette pour le goûter, dit-elle avec douceur.

Elle ouvre la porte d'entrée et m'invite à la suivre. Je me redresse un peu et pose un pied sur la première marche. Je prends une longue inspiration, inhalant l'air chargé d'un tendre parfum de rose et de lavande. Rien à voir avec la poussière de mon appartement et le chlore que j'inhale quotidiennement. Vivre ici a des atouts, c'est indéniable. Si j'étais resté, je pense que je serais devenu fou. Il m'était impossible de faire un pas sans être interpellé par des curieux. Il fallait que ça cesse. Et maintenant ? Je suis revenu incognito. J'ai même pu m'arrêter à la supérette et payer sans que l'on me fasse de remarque. Il y a quelques années de ça, on me voyait partout dans la presse et on me saluait dans la rue. Maintenant que je suis anonyme, dois-je continuer à vivre reclus alors que ma famille m'ouvre ses bras ?

Mon cœur se serre. La douleur est bien là et s'apaise à mesure que j'avance dans le petit salon de ma tante. Tout y est chaleureux. La table basse en chêne massif, le vieux tapis bordeaux aux franges délavées, rien n'a été déplacé.

— La cuisine n'a pas changé de place, le reste non plus, m'assure Mumu avec une pointe d'ironie.

— J'imagine que je suis resté immobile trop longtemps ?

— A Bessala[1] ! Ce n'est pas grave. Tu as le droit d'être nostalgique. Comme tu le sais, l'étage est toujours loué, on s'abstiendra de déranger…

— Mauricette et ses filles, complété-je en pensant au petit bout de femme que je croise furtivement lors de mes visites.

— Je croyais que tu n'avais pas la mémoire des prénoms.

— Il faut dire que ce n'est pas un prénom habituel…

— Comme le tien ! se moque-t-elle.

Cette sacrée chipie de Mumu ! Si elle n'avait pas de l'arthrose, je lui aurais donné une bonne petite tape sur l'épaule.

— Joueuse comme tu es, je suis sûr que tu as suggéré ce fichu prénom à maman !

Elle ouvre la cuisine, révélant une formidable tarte aux pommes qui trône au milieu d'une table ronde en merisier. Je comprends mieux pourquoi je l'ai sentie de loin. J'avais oublié que Mumu préparait des quantités gargantuesques et qu'à

---

1. « Un petit peu » ; peut aussi se dire A Betzala (le b se prononce p).

défaut de moule à tarte, elle utilisait une simple lèchefrite et certainement un kilo de pommes gracieusement découpées. Toutefois, les effluves de choucroute couvrent la fragrance caramélisée du dessert et me donnent envie de croquer dans une patate bien fondante et acidulée.

— Tu aurais pu réduire ta tarte, je sais que j'ai fait quelques heures de route, mais de là à engloutir trois cents grammes de beurre et de sucre...

— *Maïmaï*[1], celui-là ! Pose tes fesses, tu dois être fatigué justement.

— J'étais assis pendant plus de six heures alors...

Elle me jette un regard autoritaire. *A priori*, je l'agace à détailler sa superbe cuisine en chêne massif. Je prends place tandis qu'elle cherche de quoi me rafraîchir.

Pensif, je reste un instant silencieux, observant les pommes qui forment une magnifique rosace sur la pâte sablée. Je me penche, inhalant une agréable odeur de cannelle et de cassonade.

— Tu n'as vraiment pas perdu la main !

Aucune réponse. Ma tantine bavarde serait-elle vexée par mes gentils sarcasmes ? Je me retourne. La bière ouverte a été posée sur le plan de travail, et Mumu a disparu telle une petite souris.

— Mumu ?

La porte s'ouvre. Je m'attends à la voir vêtue de son indispensable tablier bleu ; je reste statufié face à mon fils.

---

1. Expression signifiant « attention » utilisée pour réprimander gentiment un enfant coquin.

# 4

# Mon fils ma bataille

Je n'ose pas parler. On ne s'est plus vus depuis de longs mois, et la dernière fois il s'est contenté d'un « salut » froid et distant.

Debout devant la porte, les bras croisés, il fixe un point dans le vide. Comme si je n'existais pas. Il n'a pas tort, j'étais absent, même quand je m'occupais de lui. Le père automate a causé des dégâts, il va me falloir du courage pour affronter ce grand barbu aux bras de bûcheron et aux cheveux hirsutes.

J'ai du mal à le reconnaître. Les cheveux longs et la barbe y sont pour beaucoup. Toutefois, je suis surtout frappé par la force de son regard. L'expression « avoir les yeux revolver » prend tout son sens. Bang ! *Adios* le papa à la noix, et bon débarras.

On peut dire que ça jette un froid. Mon gamin, devenu un homme en un clin d'œil, serre les poings pour se contenir.

Il pourrait m'étaler d'une pichenette, je vois qu'il en crève d'envie. Mais il n'en fait rien, certainement par respect pour sa grand-tante. Je devine que Mumu l'a fait venir, cette petite rencontre n'est pas le fruit du hasard. Elle avait déjà tenté de nous aider, sauf que j'avais pris la poudre d'escampette.

Qu'est-ce qui a changé depuis ? Pas grand-chose, à part que je viens d'encaisser plusieurs uppercuts d'affilée et que mes idées commencent à être claires. Mumu a mis mes défenses à l'épreuve et piétiné mon égoïsme avec ses piques cinglantes et réalistes. Un boxeur aurait la tête dans le coton ; la mienne se remet lentement en place, et j'avoue que c'est bien plus douloureux qu'un combat classique. Mumu a un excellent crochet du droit quand il s'agit de frapper dans la zone sensible. La zone de l'orgueil plus précisément. J'étais trop égocentrique pour me rendre compte que tout n'était que vanité. Moi, moi, moi... toujours la même rengaine dans ma tête de *Kloufi*[1]. Je pensais revenir uniquement pour régler un souci de paperasse, et voilà que j'ouvre enfin les yeux sur qui je suis vraiment.

Il serait peut-être temps que je m'excuse auprès du bûcheron géant qui commence à me dévisager l'air sévère.

De toute façon il faut que je me jette à l'eau. Anthony ne m'adressera pas la parole si je ne fais pas le premier pas. Je pourrais tout déballer aussi sec. Mais ce serait surjoué, cela sonnerait

---

1. Familier : « imbécile ».

faux, surtout après tant de mois passés dans le silence.

Je me lève, sans trop savoir comment agir. Je ne me permettrais pas de le prendre dans mes bras. Il verrait ça comme une tentative de me racheter. Lui serrer la main mettrait de la distance entre nous. Je ne veux pas non plus qu'il me considère comme un étranger. Malgré les années qui ont passé, je vois encore le petit garçon qui a grandi près d'un père taciturne et irritable.

Gêné, il gratte nerveusement sa barbe blonde. Il fait plus que ses dix-neuf ans. Comme beaucoup d'enfants aux parents séparés, il a poussé trop vite. Son regard bleu clair est délavé, semblable à celui de Mumu. Son sourire d'enfant heureux a disparu, balayé par des années à espérer un père dont la présence rappelait le sacrifice gâché de sa mère.

Malgré la distance, Marie était plus bienveillante et à l'écoute que moi. Elle l'a encouragé à suivre ses rêves, l'a accompagné à la plupart de ses concerts, soutenu dans chaque étape de son adolescence dont je ne connais presque rien. Une mère attentionnée le reste à jamais, même quand les kilomètres l'éloignent de son enfant. Anthony vivait sous mon toit, et je ne savais rien de lui, seulement qu'il ne suivait pas le chemin que j'avais prévu pour lui. Un chemin sur lequel il s'est cassé les dents.

— Je vais me prendre une bière, tu en veux une ? proposé-je.

— Tu boirais un coup avec moi, toi ?

— La bière est meilleure quand elle est partagée.

Anthony ne montre aucune résistance. Il m'observe comme on regarderait un fou derrière une vitre en Plexiglas. Mon comportement ne colle en rien avec nos dernières rencontres. Je n'osais pas lui parler, de peur d'une nouvelle dispute. La confrontation m'angoisse. Je ne suis pas du genre à accepter la critique, d'autant plus que j'ai assez souffert des erreurs que j'ai commises. J'aurais aimé que les choses s'arrangent facilement, avec quelques excuses et un gros câlin, mais ça n'arrive que dans les films. Des deux, je suis le gamin. Celui qui cumule les conneries et qui n'ose pas les assumer devant ses parents de peur de perdre leur amour. Voilà la vérité. Et aujourd'hui, qu'en est-il ? La technique de l'autruche a échoué, et le regard de mon fils est glacial.

Combien de temps vais-je encore fuir la réalité plutôt que de l'affronter ? J'ai passé les cinq dernières années à tourner en rond dans un taudis sans pour autant panser mes blessures. Et si j'avais fait fausse route ? Si j'avais simplement manqué de courage et été trop lâche pour affronter le regard des autres ? J'aurais pu élever mon fils ici et éviter qu'il en souffre au point de fuguer et de me plaquer quelques années plus tard pour s'installer chez Zette.

Mumu a raison. Je dois regarder la vérité en face, même si c'est douloureux. J'ouvre la porte du frigo et lui sors une bière. Nous ne sommes qu'à quelques pas l'un de l'autre. Lui n'a pas bougé. Il n'est pas habitué à ce que j'aille vers lui. Le peu de fois où nous avons discuté, la tension était si forte que l'un ou l'autre finissait par quitter la pièce. Je ne compte pas parler avec lui, car je sais que ce n'est pas le moment.

Nous restons debout, chacun dans un coin de la cuisine, à nous jauger, l'air gêné.

— Tiens, il serait bon de trinquer pour ta mamie Zette.

— Il était temps que tu te décides à venir la voir, lâche-t-il avec reproche.

Il lève sa bière et descend une grande lampée qui lui laisse de la mousse sur la moustache.

— Dommage, je pensais que tu n'avais pas hérité de mon côté agréable.

— Les circonstances changent les hommes, à trop fréquenter quelqu'un d'aigri, on le devient également.

Je me contente de boire un coup plutôt que de relever sa critique. J'avance en terrain miné.

— On ne va pas refaire le monde en buvant une bière, mais on pourrait tenter de communiquer sans se bouffer le nez, tu ne penses pas ?

— Je n'ai aucune envie que l'on se dispute, répond-il froidement. On est là pour mamie Zette, pas pour étaler nos problèmes.

— Au moins nous sommes sur la même longueur d'onde…

— Je vois que tu es terre à terre à présent, dit-il avec ironie. Au moins tu as compris que nous n'étions pas faits pour nous entendre.

— J'ai compris que je ne « t'entendais pas », souligné-je. Je ne t'ai jamais écouté, j'ai voulu te modeler à mon image.

— Une image de...

— N'en dis pas plus, c'est déjà assez douloureux de voir la vérité en face.

— Alors, ça y est, tu es prêt à assumer tes responsabilités ?

La main d'Anthony tremble sur sa bouteille. Il n'a rien bu depuis de longues minutes. Ses yeux brillent. Il pourrait craquer à tout instant. Je ne veux pas prononcer « la goutte d'eau de trop ».

— Mumu doit certainement s'attendre à ce que l'on sorte de cette pièce avec le sourire, ne te sens pas forcé d'agir pour lui faire plaisir. Tu as le droit d'être en colère contre moi.

— Tu me connais mal, papa. Le passé, je m'en contrefous. J'ai la rage parce que tu n'as rien fait pour retenir mamie Zette quand elle a mis les voiles, parce que tu viens la voir en coup de vent sans prendre le temps de lui parler. Arrête de jouer la comédie du fils prodigue. Si tu vas voir mamie Zette pour ensuite retourner en banlieue, elle ne s'en remettra pas.

Le message est clair, si je repars aujourd'hui, je ne serai plus jamais le bienvenu. Et si c'était maintenant que je risquais de tout perdre ? Être face à Anthony ravive les anciennes souffrances et l'amour que j'éprouve pour lui. La situation est douloureuse, mais je me sens vivant. J'ai besoin de lui, besoin d'être père.

Je m'installe à table et bois un coup.

— Je ne vous abandonnerai pas.

Les mots sont sortis d'une traite. Ma voix tremble un peu et trahit mon émotion. Anthony reste sur place, frappé de stupeur.

— Je suis venu pour Zette, mais je crois que j'avais aussi besoin de te voir, si tu es d'accord pour renouer un peu avec ton imbécile de géniteur.

— Tu as intérêt à tenir parole et à ne pas t'enfuir, mamie a besoin de toi.

Bizarre cette façon de parler de maman comme si j'avais décidé de passer le reste de ma vie ici. Ils ont prévu de m'enfermer et de me séquestrer avec des bières et de la choucroute ? J'ai l'impression que ma venue est liée à autre chose et que mon fils s'empêtre en me le cachant. Si ma mère veut changer son testament, pourquoi aurait-elle besoin de moi ? Quelque chose cloche. Entre le comportement de Mumu qui est paniquée à l'idée que Zette vende tout, et mon fils qui s'adresse à moi comme si j'étais un gamin, je n'y comprends plus rien. Je suis là pour quoi ?

La porte grince derrière nous. J'éclate de rire en voyant le bout d'un *schlopa*[1] appartenant à Mumu.

— Pose tes fesses ici, et bois ta bière avec moi. Ce n'est pas le moment de se disputer, d'autant plus que Mumu a une oreille qui traîne. Mumu ! Viens donc avec nous, ça détendra l'atmosphère.

La porte s'ouvre aussitôt. Mumu nous rejoint, prend une bière et s'assied. Anthony fait de même, encouragé par sa deuxième « mamie ».

---

1. « Chausson ».

— Je propose que l'on attaque la choucroute. Autant prendre des forces avant de rejoindre Zette ! lance-t-elle.

— Tu n'essaierais pas de me convaincre de m'installer ici ? plaisanté-je.

Le regard de Mumu brille de larmes. Je sens toute sa détresse ainsi que celle de mon fils. Ils ont souffert du départ de Zette. Ma famille semble déchirée par les séparations. Celle-ci est de trop.

Mes lèvres tremblent d'émotion. Je ne sais pas si je parviendrai à articuler un mot. Je m'en veux terriblement. J'ai le sentiment que mon divorce a tout déclenché et que j'ai une dette envers mes proches… Et si je décidais de revenir ? Si je prenais enfin mes responsabilités ?

J'avance une main fébrile sur la table avant de saisir celle de Mumu.

— Ne t'en fais pas, tu peux compter sur moi.

# 5

# La reine de l'entourloupe

Cette fois elle m'a bien eue. Sacrée Zette !

Encore hier, Mumu s'inquiétait du sort de sa sœur, mais il est évident que la gentille pensionnaire des Cigognes a toute sa tête et peut imaginer des plans sacrément tordus. Me voilà embarquée dans cette histoire, complice par amitié pour mon ancienne voisine qui m'a convaincue de l'assister dans ses manigances.

L'efficacité de ses arguments m'a laissée sans voix. Zette a raison, si Oscar peut représenter un espoir pour les Cigognes, il faut le mener à nous. Un peu nerveuse, je réajuste le serre-tête qui maintient ma crinière bouclée et traverse le hall principal. Rémy va être content ! Lui qui rêvait de changement, si les magouilles de Zette fonctionnent, nos « petits vieux » seront chamboulés.

Un coup d'œil à l'horloge murale m'indique que je suis loin d'être en avance. Mumu est très ponctuelle, et elle a prévenu sa sœur qu'elle serait là pour le goûter. Je presse le pas, saluant les anciens qui jouent aux échecs et aux dames dans la salle de loisirs, pour rejoindre l'entrée des visiteurs.

Oscar ne devrait pas tarder.

J'ai la bouche sèche tout à coup. Je ne l'ai pas vu depuis un bail, et il ne me met pas particulièrement à l'aise. Il paraît froid et distant. Il a seulement cinq ans de plus que moi, pourtant j'ai l'air d'une gamine à côté de lui. Son visage porte les stigmates du divorce. J'aurais pu vieillir prématurément. Surtout quand on devient mère à dix-huit ans. J'en ai vu des galères, de toutes sortes, et je les ai affrontées sans les subir entièrement. Oscar donne l'impression d'être une éponge gorgée de remords et de chagrin. J'ai juste envie de l'essorer de toutes mes forces pour en extraire ce qui le rend acariâtre. Ça ne me semble pas être le genre de zozo dont on a besoin dans une maison de retraite !

Toutefois, si Zette pense qu'il peut nous aider, il faut y croire. Je la connais assez pour savoir qu'elle n'est pas aveuglée par son amour maternel. Quand elle parlait de son projet, l'étincelle dans ses yeux était intense, sincère. Sans cette petite lumière, j'aurais refusé de l'aider. Il est difficile d'ignorer l'espoir qui brûle dans le regard d'une personne âgée.

— Bonjour, Mauricette ! Quelle surprise de te voir ici à cette heure ! s'exclame Mumu en me prenant dans ses bras.

Je sais que je vais agir contre les attentes de Zette, mais je ne me sens pas capable de jeter son fils dans la gueule du loup. Il pourrait le prendre mal. Zette a réussi son coup, car il est revenu. Il vaut mieux éviter qu'il se sente manipulé et le laisser prendre une décision tout seul. Je cours un risque, mais j'en assume toutes les conséquences.

— Suivez-moi, tous les trois. Nous n'avons pas beaucoup de temps.

— Pas de notaire ? Mais Zette m'avait pourtant dit...

— Mumu, aie confiance en moi, tu ne seras pas déçue.

— Étrange cet accueil, constate Oscar. Tu ne serais pas devenue notaire ou huissière par hasard ?

— Non, et si cela peut te rassurer, tu ne verras ni l'un ni l'autre. Sois tranquille, ta maman ne te veut que du bien.

Oscar arque un sourcil. Il a de quoi être surpris. J'ai mis les formes pour l'apaiser. Cela ne me ressemble pas, car je mâche rarement mes mots. Le peu de fois où l'on s'est vus, il a certainement constaté que la vaseline et moi n'étions pas copines. Aujourd'hui, je passe la crème à la demande de Zette.

Je les entraîne jusque dans la réserve de la cuisine, là au moins, personne ne viendra nous déranger. Et puis je pourrais toujours assommer Oscar avec une casserole s'il décidait de contrarier les projets de Zette !

Nous nous trouvons ainsi entre les kilos de pommes de terre et d'oignons, et les saucissons suspendus au plafond. Au moins, je suis dans mon petit cocon. Oscar a croisé les bras et me dévisage avec une pointe d'agacement. J'ai vu juste. Le lascar n'aime pas qu'on le balade, alors il valait mieux éviter de le mener en bateau.

— Je ne vais pas y aller par quatre chemins : Zette vous a roulés dans la farine, elle a monté une combine pour vous réunir. Il n'y aura pas de vente ni de modification sur son testament. Zette se porte à merveille et a toute sa tête.

Je crois que la mâchoire de Mumu est sur le point de se décrocher tant elle est choquée.

— Attends, tu veux dire que je suis venu pour… rien ? demande Oscar.

— Au contraire, vous êtes ici parce que vous manquez à Zette et qu'elle vous réclame. Mumu, Zette aimerait que tu viennes plus souvent la voir. Elle sait que tu n'aimes pas ce lieu, mais elle est convaincue que tu finiras par y trouver des avantages…

Oscar passe une main tremblante sur son front. Il a du mal à cacher son émotion. Le pauvre est abasourdi, et en même temps, je devine une petite lueur d'apaisement dans son regard. Le voilà au moins soulagé de retrouver sa mère saine de corps et d'esprit.

— Il est hors de question que je m'installe ici, c'est…

— Respire un coup, Mumu, on parle juste de jouer à la belote avec Zette et ses nouveaux amis.

— Elle n'avait qu'à rester à la maison ! Moi je l'attends tous les jours pour notre *Kaffee-Kuchen* ! C'est elle qui m'a laissée tomber pour son Gégé !

— Tu oublies que tu étais la première à inviter Gégé à jouer avec vous. Mumu, ce n'est pas parce que tu ne veux pas vivre comme ta sœur que tu dois t'interdire de lui rendre visite. Je travaille ici, je peux t'emmener quand tu veux, je te l'ai déjà proposé mille fois mais tu trouves continuellement des excuses. Alors voilà, aujourd'hui, pas d'excuse possible ! Tu es attendue pour une partie de cartes. Tu n'as pas intérêt à refuser ! J'ai préparé une tarte aux cerises pour l'occasion.

— Je ne sais pas, cela demande réflexion…

— Arrête donc, c'est bien mieux qu'un rendez-vous avec un notaire ! Zette sait que tu ne résisteras pas à la tentation de lui coller une correction devant ses amis.

Mumu retient un léger rictus avant de me poser la question qui tue :

— On peut siroter une bière dans votre salle de jeux ?

— Les résidents ont droit à une pression par jour, au moment de la belote, ça coule à flots…

Un bon verre de bière, sa sœur retrouvée, la perspective d'une partie de cartes, rien de tel pour redonner le sourire à Mumu.

— Anthony, tu connais déjà toute l'affaire, pourrais-tu guider ta tante ? J'ai des choses à dire à ton père.

Je fréquente Anthony depuis longtemps maintenant. Gamin, il jouait déjà avec mes filles dans le jardin de sa tata Mumu. Maintenant que nous sommes voisins, j'ai beaucoup de plaisir à l'inviter à manger lorsqu'il n'est pas occupé à composer des chansons ou à fabriquer des costumes.

Il me gratifie d'une petite tape sur l'épaule sous le regard médusé de son père. Il semblerait que celui-ci ait oublié la puissance du lien qui unit son fils et sa grand-mère. Il était dans la confidence bien avant moi !

Je me retrouve face à Oscar. Il n'a pas bougé d'un poil et triture nerveusement ceux d'un poireau posé sur une étagère.

— Laisse ce poireau tranquille, il ne t'a rien demandé.

— Tu as peur que je t'assomme avec ?

Je manque de m'étouffer avec ma salive. Je ne m'attendais pas à une telle repartie, d'autant plus que j'avais pensé à la même chose en l'emmenant ici. Sauf que les casseroles créent plus de dégâts. Je ferais mieux de garder cette anecdote pour moi si je veux éviter de me mettre Oscar à dos.

— Ne pense pas que ton fils a agi contre toi, il a simplement voulu aider sa mamie. Il va falloir t'accrocher. Zette a vu les choses en grand et s'est intéressée à ton avenir.

— Entre nous, ça sentait le coup fourré. Anthony avait du mal à cacher son jeu. Enfin bref, j'aimerais déjà comprendre pourquoi elle se sert de toi comme intermédiaire.

— J'ai pris les devants, Zette ignore que je suis avec toi. Elle voulait te jeter dans l'arène, mais je trouvais le stratagème trop brutal.

— Plus tu parles et plus j'ai l'impression qu'elle perd vraiment la boule !

Le moment est venu de tout lâcher. Cela risque de faire l'effet d'une bombe, mais au moins Oscar sera moins gêné en présence de mes légumes et de quelques conserves que devant un public d'inconnus.

— Je l'ai cru aussi quand elle m'a dit qu'elle avait déposé une fausse lettre de motivation sur le bureau de la directrice. Tu es ici pour passer un entretien afin de devenir le futur professeur d'aquagym de notre bel établissement.

Oscar éclate de rire. Un rire nerveux dans lequel je décèle un peu de soulagement.

— Mon Dieu, maman ! Je savais qu'elle trouverait le moyen de me tirer de chez moi.

— Niveau manigance, elle est plutôt douée, concédé-je, mais pour ce qui est des formes, elle est un peu brute de décoffrage. Elle ne comptait pas te prévenir. Je me suis dit que la démarche n'aboutirait pas et que tu serais embêté devant la directrice.

— Tu crois sincèrement que je vais accepter ? C'est totalement fou ! Je ne peux pas tout abandonner du jour au lendemain.

— Abandonner quoi ? Un appartement de banlieue, un travail ennuyeux ? Il y a tant à apprendre au contact des personnes âgées, tu en sortiras plus riche qu'avant.

— Je ne suis pas sûr de pouvoir accepter. Je suis parti pour oublier mon passé, et là je commence déjà à replonger...

— Replonger dans ta passion, en quoi serait-ce mauvais ? Zette a agi pour le bien de l'établissement et le tien. Elle a demandé à Anthony de s'inspirer de tes anciennes lettres, quand tu cherchais un emploi d'animateur en centre aquatique. D'ailleurs, tu peux être fier de lui, il est plutôt doué quand il s'agit d'écrire. Enfin voilà, Zette pense que tu serais plus à ta place ici que – je cite – dans « ton trou perdu ».

Oscar lève les yeux au ciel. Il est blême. Apparemment les mots de Zette le touchent. Bien plus profondément que ce que j'aurais imaginé. Il est blessé. C'est bon signe. Sa vie ne doit pas être rose tous les jours.

Il demeure un moment silencieux, les yeux dans le vide, il réfléchit, pesant le pour et le contre. La proposition de Zette le chamboule. On sent qu'il peut céder d'un moment à l'autre, un peu comme s'il s'était déjà résigné à rester en Alsace.

— Ma mère voulait vraiment m'imposer un entretien d'embauche sans me prévenir ? finit-il par demander.

Je souris. Il est presque attachant avec sa mine déconfite. Je viens tout de même de lui éviter une partie de montagnes russes.

— Zette ne fait pas les choses à moitié. Au fond, elle ne serait pas parvenue à t'attirer jusqu'ici en te demandant simplement de passer un entretien. Tu lui aurais ri au nez. Mais revenir, être confronté à sa peine et à celle de ton fils t'a certainement assez chamboulé pour te donner envie de tenter l'expérience.

— N'essaye pas de penser à ma place.

— Pardon, je dis ce que je ressens et ce que je vois. J'ai deux filles ; si je les avais déçues et que l'on me donnait la possibilité de me faire

66

pardonner, je sauterais sur l'occasion. Un parent a besoin de l'amour de ses enfants…

— Quel est le rapport entre ce travail et Anthony ?

— En travaillant ici, tu seras proche de lui. Ton fils vient souvent jouer de la musique pour égayer le quotidien des retraités.

Oscar s'assied sur un marchepied et garde le silence. J'ai pensé trop vite, il est en train de descendre des montagnes russes et l'arrivée l'a sonné.

— Allez, Oscar, ressaisis-toi, la directrice nous attend. Il ne faut pas lui faire mauvaise impression.

— Parce que tu penses vraiment que je vais accepter de passer cet entretien ?

— Je n'en sais rien, c'est à toi de choisir. Je vais paraître un peu guimauve, mais écoute ton cœur.

Il se relève et passe une main dans sa tignasse. Mal rasé, mal peigné, le cheveu poivre et sel, la mine fatiguée ; il est évident qu'il a roulé de nuit et que Mumu l'a gavé avec la choucroute mise sur le feu hier soir. Rien que d'y penser, j'en salive, et je bâille d'avance. Dormir le ventre plein est une tradition alsacienne que Mumu m'a transmise avec passion.

— Tu devrais te coucher tôt ce soir, tu as l'air *Schlass*[1].

Oscar esquisse un léger sourire et entreprend de mettre de l'ordre dans ses cheveux.

------

1. « Épuisé ».

— *Schlass*, répète-t-il. Je dois avouer que le franc-parler alsacien m'avait manqué.

— Il semblerait que la choucroute de Mumu t'ait manqué tout autant : un bouton de ta chemise a sauté.

Il ne relève pas.

— Prof d'aquagym pour personnes âgées, ça doit être moins ennuyeux que mon job, n'est-ce pas ?

Je souris. On y est, la passion pour le chlore et l'eau prend le dessus. Oscar ne peut nier sa nature. Il est fait pour nager et transmettre sa passion, pas pour rester le cul collé à une chaise de maître-nageur.

— N'en doute pas ! Nos anciens sont de vrais gamins. Ils ont besoin de divertissement et d'activité pour se remettre en selle. Zette m'a dit que tu dispensais des cours de ce type à des gosses quand tu étais plus jeune, ça te rappellera des souvenirs.

— Sans doute. C'est un travail que j'aimais beaucoup.

— Alors n'hésite pas, reste ici, Zette sera heureuse de t'avoir parmi nous.

J'ouvre la porte de la réserve et lui fais signe de me suivre. Cette fois, Oscar n'hésite pas. Il boude un peu, mais je sens que notre conversation fait son chemin.

Ensemble, nous traversons le couloir pour rejoindre le bureau d'Iris, notre directrice. En passant devant la salle de jeux, je découvre Mumu assise sur une banquette avec Zette. En nous apercevant, cette dernière se lève et nous arrête.

Oscar se fige. Zette porte un ensemble en lin blanc d'une grande finesse. Ses longs cheveux blancs tombent en boucles sur son chemisier. Elle lui sourit tendrement, de ces sourires que seule une mère peut offrir.

— Bonjour, *mi liebe Bua*[1].

Les yeux d'Oscar brillent. Il les essuie d'un revers de la main.

— Tu aurais pu m'éviter une peur pareille.

Elle avance vers lui, douce et maternelle.

— On dirait que Momo a vendu la mèche.

— C'est mieux que de me mettre dos au mur. Je préfère qu'on me laisse le choix…

— Si je t'avais demandé de venir, tu ne serais pas là. Il te fallait un électrochoc. Moi, j'ai besoin de quelqu'un pour animer notre piscine, et je sais que tu seras le meilleur.

— Tu es sûre que ce n'est pas une excuse pour me garder près de toi ?

— Tout ne tourne pas autour de moi, répond-elle en posant une main sur la joue de son fils. Nous avons tous besoin de ton esprit créatif, de tes connaissances. Nous sommes vieux, on s'ennuie très vite à notre âge et nous négligeons notre corps. Je veux me sentir alerte et forte, je veux me sentir vivante, grâce à toi.

— Tu mets la barre un peu haut, maman…

— Pas tant que ça, je sais très bien de quoi tu es capable. Il serait temps que tu uses de tes talents pour aider tes proches.

-------
1. « Mon cher fils », se prononce « mi liava bua ».

— Je ne veux pas être rabat-joie, mais cela fait un moment que je vous attends, déclare Iris, notre directrice. Si mon bureau vous effraie, nous pouvons effectuer l'entrevue ici.

Nous la suivons dans la petite pièce encombrée de paperasses et de cartons. Elle ébouriffe nerveusement ses cheveux courts et roux, ce qui lui donne une allure digne de Julia Roberts dans *Hook*. Une vraie fée clochette – immense – et au sourire rayonnant. Allez ! Je la verrai presque se dandiner en chantant « La Vie en rose ». Niveau première impression, Iris est plutôt chaleureuse et avenante.

— Désolée, madame la directrice, je n'ai pas vu mon fils depuis un moment !

— Eh bien j'espère qu'il passera vous voir plus souvent, répond Iris en souriant. Monsieur Klein, veuillez prendre place.

Oscar s'assied sur une chaise face au bureau de la directrice. Zette fait de même. Un peu gênée, je m'adosse au mur, les bras croisés. J'ai encore un rôle à jouer, si les choses se goupillent correctement.

— Bien, nous manquons désespérément de personnel pour animer notre établissement, je dois avouer que c'était une surprise que de recevoir votre candidature, et je doute que vous trouviez votre bonheur auprès de personnes grabataires. Vous avez entraîné des équipes prestigieuses, ce travail risque de vous ennuyer.

Aïe. Iris tente de le piéger. On est mal parti.

Oscar jette un regard circulaire. Il cherche un soutien et finit par croiser les yeux de sa mère.

Un dialogue silencieux commence entre eux. La main de Zette se rapproche de celle de son fils. Elle finit par la serrer avec force, comme pour lui intimer de répondre et lui faire comprendre qu'il ne doit pas l'abandonner.

— C'est mal me connaître, dit-il, la gorge nouée. Je me suis occupé de jeunes nageurs en début de carrière. J'aime transmettre le goût de la natation, et mon job actuel ne me le permet pas. Je suis un simple maître-nageur, un travail ici serait plus intéressant.

— Et qu'est-ce qui vous intéresse justement ? Votre CV est plus que remarquable, un homme tel que vous ne devrait pas avoir à tenter sa chance dans une modeste maison de retraite. Mais j'entends aussi que vous êtes employé dans une simple piscine municipale, est-il possible que vous ayez décidé de rétrograder ?

L'entretien est glacial. Iris est suspicieuse. Elle a du mal à comprendre les motivations d'un ancien champion. Elle tente de le faire flancher et elle va y parvenir, je le vois à la petite veine qui tressaille sur la tempe d'Oscar.

— Ce n'est pas la peine de me cuisiner, dit-il brusquement. Je n'ai pas écrit cette lettre, je viens à peine d'apprendre que ma mère a tout mis en scène pour que je revienne. En toute sincérité, j'ai passé les dernières années à fuir l'Alsace par peur du jugement. Aujourd'hui, je comprends au moins une chose : ma famille a besoin de moi et moi d'elle.

Oscar a pris les mains de sa maman dans les siennes. Pourtant, il ne parvient pas à la regarder dans les yeux. Il a fermé ses paupières, sans lâcher les mains de Zette qu'il porte à ses lèvres. Ce baiser, tendre, affectueux, est celui d'un fils repenti.

— Je veux bien enseigner ici, si cela peut me permettre de devenir quelqu'un de meilleur.

— Quelqu'un de meilleur ? répète Iris. En quoi ce job d'animateur et entraîneur fera de vous quelqu'un de bien ?

— Le sport est fédérateur, il permet aux gens de se connecter, de ressentir des émotions d'une rare intensité. Je peux vous assurer qu'entre de bonnes mains, vos résidents vont se sentir revivre. Et moi de même.

— Vous parlez d'un bonheur par procuration ?

— Oui madame. Si ces personnes peuvent se sentir mieux grâce au sport, j'en serai très heureux.

Iris sourit. Oscar lui parle honnêtement, et ça lui plaît. Elle aime les gens qui se donnent à fond pour les retraités, pas ceux qui viennent uniquement pour un salaire. Il faut mettre du cœur et beaucoup d'amour quand on travaille dans ce milieu.

— Le poste est à pourvoir immédiatement, déclare Iris. Je sais que vos compétences dépassent nos attentes, mais nous ferons tout pour que vous soyez à l'aise parmi nous.

— Alors c'est tout, vous allez me faire signer un contrat comme ça, si vite ?

— Monsieur Klein, notre piscine est à l'abandon depuis six longs mois, il nous faut quelqu'un

72

et il est évident que vous êtes surqualifié. Vous voulez ce poste, oui ou non ?

— Oui, dit-il avec assurance.

Zette pousse un soupir de soulagement. La magie a opéré.

— Bien, poursuit Iris. J'espère que vous avez conscience qu'il s'agit d'un contrat de quelques heures par semaine, il faudrait que vous vous trouviez un deuxième emploi pour...

— Je ne travaillerai pas pour l'argent. Prenez-moi comme bénévole.

La mâchoire d'Iris manque se dérocher, mais elle se ressaisit aussitôt. Mon cœur s'est emballé. Pour le coup, le geste d'Oscar redore son image.

— Votre décision est fort louable, je vous remercie pour votre générosité. Concernant votre emploi, il ne s'agira pas de donner des cours de natation, mais plutôt d'aquagym. Nos chers retraités ont besoin d'une activité qui les stimule tout en douceur. Je ne peux pas vous proposer de travailler plus de dix heures par semaine, toutefois, si vous voulez vous occuper, nous cherchons des volontaires pour tenir compagnie à nos résidents. Lire des histoires, les écouter simplement, jouer, et plus encore si vous avez de l'imagination ! Et en guise de motivation, je m'engage à vous offrir le couvert à chaque repas de midi. Nous disposons d'un espace restaurant de qualité, et Mauricette est une merveilleuse cuisinière, elle vous régalera.

Oscar retient un fou rire.

— Si j'avais su qu'on m'achèterait avec la nourriture ! Je n'ai jamais vu d'argument aussi peu convaincant.

— Les gens qui travaillent ici sont particulièrement heureux de ce service. Vous ne serez pas déçu, Momo est un cordon-bleu. Alors, qu'en pensez-vous ?

— C'est oui, à condition que je choisisse le menu une fois la semaine. La carotte a intérêt à être succulente !

# 6

# Pinot gris et insomnie

Comment trouver le sommeil après une telle journée ? J'ai passé les dernières années à errer dans un puzzle incomplet, me voilà de retour chez moi, les pièces en main, effrayé à l'idée de les emboîter pour enfin trouver ma voie.

Ces pièces – mon fils, ma mère et ma région –, je les avais mises de côté, par peur d'être confronté à la réalité. C'est chose faite. Ma sacrée génitrice a pris les devants ! Et je suis réveillé, à 2 heures du matin, assis dans la cuisine de tante Mumu, grignotant une tarte aux pommes préparée avec amour.

Hier encore, je m'ennuyais à la piscine des Coquelicots, réclamant un changement, un événement qui m'arracherait à cette morosité. Je ne pensais pas revenir ici, pas aussi vite, ni de façon aussi irréfléchie. Pourtant, je sens que j'ai fait le bon choix. Mauricette m'a aidé à le faire spontanément. Si je m'étais retrouvé dans le bureau d'Iris, face à maman, face au fait presque accompli, j'aurais certainement accepté la boule au ventre, par peur de décevoir à nouveau ma mère. J'ai pris cette décision de mon propre chef. Même si maman m'a tendu un piège.

Le plus dur est d'admettre que je me sens mieux auprès de ma famille que seul. Accepter d'avoir fait le mauvais choix pendant tant d'années m'est difficile, car cela renforce ma culpabilité. Surtout envers Anthony.

Dépité, je chipe un bout de pâte brisée et la laisse se ramollir sous ma langue. Je revois aussitôt des images de mon enfance, désuètes et agréables. Je suis à ma place. L'ignorer si longtemps m'a fait oublier qui j'étais. Reste à savoir si je suis prêt à redevenir l'homme confiant et calme qui avait pour ambition, une fois à la retraite, d'ouvrir une piscine pour apprendre à nager aux plus démunis.

La porte entrouverte grince derrière moi. Je m'attends à voir Schötzi passer avec sa démarche traînante, mais la silhouette d'une petite femme à la tignasse bouclée se projette sur le carrelage blanc.

— Sacrée journée, n'est-ce pas ?

— Je ne te le fais pas dire.

— Dans ce genre de circonstance, une tarte ne suffit pas à avaler la pilule, dit-elle en se dirigeant vers le frigo.

Elle est vêtue d'un simple kimono rose, si long qu'il couvre ses jambes nues. J'en rirais presque, car on pourrait croire qu'elle l'a volé à sa patronne tant elle a l'air d'une lilliputienne dans un habit de géante.

Elle s'assied devant moi et dépose deux verres à vin et une bouteille de pinot.

— Tu te sers souvent dans le frigo de Mumu ? Gonflée la locataire !

— Il s'agit d'un cas de force majeure, répond-elle en m'adressant un clin d'œil. Ça fait des heures que je t'entends faire les cent pas et mes filles dorment, j'ai supposé que tu avais besoin de compagnie... et le pinot a été mis au frais par Mumu à ton intention. Elle a tout préparé pour que tu sois à l'aise. Tu accepterais de partager un verre avec celle que tu empêches de dormir, non ?

— J'ai l'impression que tu ne me laisses pas le choix.

— En même temps, depuis ton arrivée, personne ne t'a laissé le choix. Alors trinquons à la santé de Zette sans qui tu ne serais pas là... dans tous les sens du terme !

Je saisis le verre qu'elle me tend et accepte le toast.

— À Zette.

— Au destin, complété-je en portant le verre à mes lèvres.

Le vin est doux et sa finesse rehausse les saveurs de la tarte que je viens de déguster. Tout est si tendre. Je comprends mieux pourquoi je suis devenu aigri. La distance m'a transformé. Les gens qui vivent dans le coin ont la même étincelle dans les yeux, le même sourire franc et empathique. Ils s'écoutent et s'entraident sans se sentir embarrassés. Mauricette agit avec moi de façon amicale. Elle n'a pas pris la peine de se changer ni de se coiffer, elle se révèle au naturel. À la faveur de la nuit, elle se présente en femme simple et gentille qui se soucie de l'homme cogitant dans la cuisine du dessous.

— N'empêche, tu dois être chamboulé après tant de péripéties ; à ta place j'aurais aussi du mal à dormir.

— Et encore, j'ai eu du bol que tu me prennes sous ton aile.

Elle lève les yeux de son verre et me gratifie d'un grand sourire.

— J'ai agi ainsi pour ta mère. Je connais Zette depuis longtemps, je suis incapable de lui refuser une faveur, surtout si cela peut la rendre heureuse.

— Tu passes beaucoup de temps avec elle sur ton lieu de travail ? Est-elle... bien ?

Mauricette se penche pour prendre un morceau de tarte. Elle a l'air d'une gamine venue chiper un peu de pâtisserie à la nuit tombée. Ma tante adore ce genre de personnage. Les gourmands qui ne se privent de rien et profitent de la bonne chère la rassurent. Mumu se sent utile quand elle peut égayer les papilles de ses amis ; pas étonnant qu'elle ait accepté cette locataire.

— Ta maman est épanouie, elle a juste découvert le meilleur moyen pour avoir son fils auprès d'elle. Une chose est sûre, elle est très fière de toi et a une confiance absolue en tes compétences.

— C'est fou, mais j'ai l'impression d'être dans la quatrième dimension. Ne m'en veux pas, mais depuis presque quatorze ans, je crois bien que c'est la première fois que l'on parle à cœur ouvert... j'aurais pensé être mal à l'aise, pourtant ça me semble naturel.

— Je ne vais pas te parler de la pluie et du bon temps alors que nous partageons un verre en pleine nuit et que je suis à moitié à poil ? Ce serait incongru, *Hammel*[1] ! Autant être sincère jusqu'au bout.

J'éclate de rire. *Hopla*[2] ! Autant se mettre à table.

— Tu as raison, ce serait absurde, nous allons nous côtoyer au travail, ce sera plus agréable de briser la glace entre nous, surtout que l'on se croise depuis tant d'années. Je me présente, Oscar, quarante ans, divorcé, égoïste et nouveau professeur des seniors aux Cigognes.

— Ne crois pas que tu vas en faire des athlètes, ils ont juste besoin de se bouger les miches.

Elle boit un peu de vin et rougit avant de détourner les yeux.

— Je t'ai connue plus loquace.

— Désolée, Oscar, moi aussi je suis un peu troublée par la situation. Tu es pire qu'un courant

1. Mot intraduisible utilisé pour confirmer une évidence ou pour ironiser. Souvent précédé par *yooo* qui signifie « ouais ». En français, on dirait « bien sûr... » ou « évidemment ».
2. Mot d'encouragement ou d'ironie qui ne se traduit pas, mais pourrait se dire « Allez ! » en français et s'utiliser de la même façon.

d'air, je n'ai jamais eu l'occasion de te voir vraiment franchir la porte de cette maison. Tu te cantonnais à passer pour chercher ton fils quand Zette le gardait les week-ends. On est tellement différents, toi et moi. Tu as l'air de craindre de prendre racine en restant quelque part, alors que je suis du genre à m'accrocher aux gens et à rester là où je me sens le mieux. Tant qu'on y est, je te dois aussi quelques présentations. Je suis Mauricette, j'ai trente-cinq ans, deux ados à charge, dix kilos de trop et une mention spéciale en pâtisserie et créativité culinaire. Ça t'en bouche un coin, *Hammel* !

— Yooo ! Tout le monde connaît tes compétences, sauf que je n'ai jamais eu l'occasion de goûter tes plats...

— Parce que tu étais constamment en déplacement, me coupe-t-elle, je connais la musique. Si tu avais pris la peine de fêter ne serait-ce qu'un réveillon avec ta mère, tu aurais su que je n'en manque pas un seul et que je fais chaque fois la popote avec elle. Déplacement ou pas, je suis convaincue que tu évitais de venir uniquement pour te la couler douce le week-end et souffler entre un tournage de pub et un entraînement. Tu étais à bout. Rien qu'à voir ta tête, on sentait que tu te saignais et qu'il te fallait du repos.

— Tu veux dire que tout le monde voyait que j'étais au bout du rouleau ?

— Oscar, n'importe qui l'aurait été avec l'emploi du temps de ministre que tu avais. Il suffisait d'ouvrir le journal ou un magazine pour voir ta tête. Tu étais partout à la fois, pas étonnant que tu aies délaissé ta famille. Mais bon, tout est derrière toi. Tu vas pouvoir te rattraper. Des opportunités comme ça, il n'y en a pas mille dans une vie.

— Une drôle d'opportunité tout de même. Me monter un tel baratin, c'est à peine croyable.

— J'ai bien remarqué que tu n'appréciais pas d'avoir été mené par le bout du nez. Il semblerait normal que tu en veuilles aux instigateurs de cette petite manigance « gériatrique ». Ne sois pas en colère contre ton fils : au fond, si Zette ne l'avait pas convaincu de l'aider, il n'aurait même pas pris la peine de t'adresser la parole.

Mauricette connaît bien ma famille, sans doute mieux que moi.

J'ai rarement vu une femme aussi directe. Son humour et son verbe correspondent parfaitement à ma famille. On pourrait croire que Mauricette est la fille cachée de Mumu. Cette pensée me réconforte. En l'ayant sous son toit, ma tante ne souffre pas de solitude et doit bien s'amuser.

Je me sers un autre verre sans répondre à Mauricette qui picore à nouveau de la tarte.

— Tu as une chance inouïe de vivre ici avec Mumu. Manger ses pâtisseries en pleine nuit est un merveilleux privilège.

— Est-ce une façon détournée d'avouer que tu es heureux de ton retour ?

Je passe une main hasardeuse dans ma tignasse. Maman saurait que je suis gêné. Ce tic ne m'a jamais quitté.

— Je ne peux pas être rancunier envers la femme qui m'a fait revenir. Ce n'est pas facile à admettre, mais j'ai tourné le dos à qui je suis et d'où je viens depuis trop longtemps.

— C'est super profond ce que tu dis, rétorque-t-elle en écarquillant les yeux.

Je m'étouffe presque avec mon verre tant son regard est hilarant. On dirait un personnage de Disney. Une sorte d'écureuil curieux de tout et heureux en toutes circonstances. Clairement, elle me montre que j'ai l'air d'un gros nounours à trop m'épancher.

— Te fous pas de moi !

— Je ne me moque pas, tu es très touchant quand tu ne te caches pas sous tes airs de Woody Allen.

— De Woody Allen ? Je te ferais dire que je mesure plus d'un mètre cinquante et que je suis aussi causant qu'un poisson sous Lexomil !

— J'évoquais ton côté « gentil dépressif », mais j'accepte la comparaison. Quoique… tu parles très bien depuis tout à l'heure.

— Aucun rapport, je suis juste un peu saoul.

— Sers-toi le dernier verre, parce que ta compagnie est plutôt agréable quand tu as un coup dans le nez.

— Je vois, je vais peut-être retourner dans ma piaule, tu prends trop tes aises, Mau-ri-cette !

— Quel coup bas ! Tu as deviné que je détestais mon prénom ?

— J'imagine que tu as dû encaisser toutes les blagues possibles quand tu étais gosse. Mais sache que j'adore les Moricettes[1] au *Mettwurst*[2], si ça peut te faire plaisir...

— Ah ça te va bien de me taquiner avec quatorze ans de retard, on dirait un gamin à la rentrée des classes.

J'ai du mal à sourire tout à coup.

Comment ai-je pu être aussi distant pendant toutes ces années ? Et dire que ma famille a encaissé mon absence sans jamais me le reprocher.

— Je ne voulais pas te brusquer. Tout le monde sait ce que tu as vécu, mais je suis une fonceuse. Regarder en arrière et avoir des regrets n'est pas ma tasse de thé. Pardon si je t'ai causé de la peine.

— On a tous nos chagrins ; certaines personnes ont davantage la force de les affronter. Le rire est une arme pour oublier sa propre tristesse...

— Tu penses que je suis triste ? demande-t-elle d'une voix grave.

Les légères marques du temps au coin de son regard malicieux m'indiquent que la trentenaire en a vu des vertes et des pas mûres. Et puis, si mes souvenirs sont bons, ses filles ont presque l'âge d'Anthony. Les filles-mères doivent faire preuve de courage et être adultes plus vite que les autres.

---

1. Bretzels en forme de petit pain créés par la maison Poulaillon et garnis de charcuterie.
2. Saucisse fumée à tartiner. Les Alsaciens robustes la consomment en tartine trempée dans le café.

— Derrière ce visage heureux et jovial se cache une femme qui se bat contre de vieux démons. On se reconnaît entre personnages « allenniens ».

— Je dois sans doute être la nana qui rit pour un rien et qui chiale dans son coin quand ses amies la quittent en fin de soirée ?

— Je n'irai pas jusque-là, d'autant que tu n'es plus seule.

— Je ne vois aucun mâle à l'horizon, réplique-t-elle en plissant les yeux.

— Si tu vois un ami, c'est déjà pas mal.

— Un ami ?

— Tu connais d'autres qualificatifs définissant une personne avec qui tu discutes à des heures incongrues ?

— Le pinot me faisait de l'œil, c'était la bonne excuse...

— Une excellente excuse pour me remettre sur les rails avec ton sourire. Que ce soit voulu ou non, je te remercie. Je n'avais pas ri depuis des lustres, et encore moins passé un moment agréable avec une femme.

Je ne sais pas s'il s'agit d'un effet d'optique ou du fruit de mon imagination, je jurerais qu'elle est en train de rougir. Ses joues naturellement fardées par une marque de timidité ravivent l'éclat de ses yeux. Mauricette a l'air d'une petite fille, et je me sens tout aussi gamin qu'elle. Un gamin qui apprécie la présence d'une copine espiègle et sensible.

— Entre nous, je suis venue en serrant les fesses. J'avais peur que tu m'envoies paître.

— Je suis si intimidant ?

— Pas vraiment, murmure-t-elle en baissant les yeux. Tu portes avec toi un sac de tristesse, comme les personnages d'Allen qui broient du noir et qui...

— Sois rassurée, je ne compte pas zigouiller des gens pour me sentir vivant.

— Attends, tu connais ses films ? J'ai cru que tu jouais la comédie histoire de ne pas gâcher la conversation.

— Qu'est-ce qu'il y a de si étonnant à avoir vu *L'Homme irrationnel* ?

— Ce qui m'étonne bien plus est d'avoir trouvé quelqu'un qui partage mes références !

— Oh c'était pas difficile, j'ai juste lancé une petite recherche sur mon portable pendant que tu mangeais ta tarte.

— Tu n'as pas osé ?! s'exclame-t-elle en se levant.

— Qui sait ? Je suis resté dans ma grotte si longtemps, il fallait bien que je trouve le moyen d'animer la conversation...

Elle se mord la lèvre inférieure.

— Je te laisse cogiter toute la nuit pour savoir si je me suis moqué de toi ou non. En attendant, je vais me coucher. Je me lève dans trois heures, il vaut mieux que je sois frais pour rencontrer mes élèves.

— Tu ne vas pas me laisser ainsi ? demande-t-elle au moment où je m'apprête à aller dans la chambre d'amis que Mumu a préparée avec soin.

— Ce n'est pas cher payé après toutes vos manigances. Bonne nuit Mau-ri-cette !

Je ferme la porte, la laissant derrière moi dans un éclat de rire. Je sais qu'elle sourit.

Je rejoins ma chambre et m'allonge, le cœur léger, délivré par la bonne humeur de ma gentille collègue de travail. Ces trois heures de sommeil promettent d'être bien plus sereines et revigorantes que les cinq dernières années passées dans un coma de remords.

# 7

# Premier bain

Encore un coup de peigne et je suis prêt.

Le vestiaire est vide. Tous les résidents sont dans la piscine et m'attendent sagement. On entendrait une mouche voler.

J'appréhende mon premier cours. Je n'ai pas donné de leçon depuis bien longtemps, et je le faisais pour des gamins surexcités à qui je devais serrer la vis et les brassards. De quelle façon devrais- je me comporter avec des personnes de l'âge de maman ? Et concernant ma mère, devrais-je l'appeler « maman » ? Ou risque-t-elle d'être embarrassée devant ses amis ? Va-t-elle me faire un énorme *Schmoutz* en public et me reprocher de m'être mal rasé ? C'est encore pire que d'imaginer ma rentrée au collège ! Maman avait insisté pour me voir entrer dans le bâtiment et s'était épanchée pendant de longues minutes à m'embrasser et à nettoyer une tache invisible sur ma joue.

Allez ! Tout se passera bien. En fait, je n'aurais rien contre un baiser. Peut-être ai-je même envie que l'on me materne pour me donner confiance ?

Des chuchotements me parviennent. Mes élèves s'impatientent. Je vérifie que mon maillot de bain est bien axé, pose une serviette sur mon épaule, et traverse le vestiaire jusqu'au pédiluve dont l'eau est glacée.

Ils sont tous dans le petit bassin. Il n'y en a que cinq et ils ne m'ont pas remarqué. Je reste un instant sur le côté, les observant derrière une étagère métallique qui déborde de frites en mousse et de planches.

L'œil affûté, j'essaie de me familiariser avec mes nouveaux élèves qui pataugent dans l'eau chlorée. Ils tournent un peu en rond, marchent lentement – très lentement – dans le petit bain, en poussant de gros soupirs. Certains semblent fatigués. Il est 8 h 30, ça ne se lève pas avec les poules les seniors ? Peut-être devrais-je songer à modifier les horaires, car ils me donnent le sentiment d'être amorphes, prêts à commencer leur première sieste. Il y en a même un qui fait la planche. J'ai l'impression d'être un dresseur sur le point de pénétrer dans la fosse aux ours. Des grizzlys aux dentiers élimés. Au moins, ceux-là ne mordent pas. Pourtant, ils me rappellent ces animaux longtemps tenus derrière une vitre ou des barreaux. L'œil triste, hagard, la mine décomposée par des journées d'ennui et de mollesse.

— Triste spectacle, pas vrai ?

Je me retourne et découvre maman. Elle porte un maillot bleu avec de jolies franges sur la poitrine. Il me semble qu'elle avait le même lors de nos vacances en Normandie chez l'oncle Émile. Je dois avouer une chose : il lui va encore à merveille et met en valeur le bleu de ses yeux.

— Tu es venue me tester ?

Elle hausse les épaules avant de m'embrasser sur la joue. Un baiser tendre et délicat dont seules les mères ont le secret. J'ai peut-être quarante balais, mais je suis un gamin devant elle.

— Je voulais te souhaiter bonne chance, loin de mes camarades.

— Ce n'est pas plutôt le contraire ? la taquiné-je. Tu as peut-être peur de montrer ton fils à tous tes copains ?

— Les rôles seraient donc inversés ? demande-t-elle en souriant.

— Qui sait ? Plus je les observe, plus j'ai l'impression de voir des ados. Ils sont mollassons au réveil, mais on sent bien qu'ils peuvent faire les quatre cents coups d'une seconde à l'autre ! Regarde, la mamie aux cheveux courts qui se chamaille avec le petit roux, ils s'aspergent depuis cinq minutes !

— Thérèse en veut à Louis de ne pas lui avoir apporté son chocolat au coucher hier. Les petites friandises sont importantes à notre âge.

— Et que faisait Louis hier ?

— Il s'est endormi devant le JT de 20 heures et c'est Mireille qui a piqué la part de Thérèse... mais elle l'ignore.

— Tu es pire qu'une concierge ! Tu les as mis sur écoute ? Ou tu fais partie de la milice des maisons de retraite ?

— En toute sincérité ? Je suis observatrice et je m'emmerde.

Elle a posé une main devant la bouche pour effacer sa grossièreté. J'ai failli avoir un fou rire, car je ne suis pas habitué à l'entendre parler ainsi.

— Mireille a les joues rouges quand elle mange trop sucré et ce matin, elle est écarlate. Elle a dû s'enfiler la part de sa frangine et celle de Louis.

— Je suis donc venu pour écouter des ragots... passionnant ! Je devrais déjà être en train de m'occuper d'eux.

— Ta leçon a commencé, ton prof est juste devant toi, dit-elle en posant fièrement les mains sur les hanches.

— Pardon ?

— Pour enseigner quelque chose à ces *Alti Trotzkopf*[1], tu dois mieux les connaître.

Je me rapproche de maman et lui glisse à l'oreille :

— Tu m'expliques en quoi la consommation de chocolat de Mireille m'aidera ?

— Si tu veux leur donner envie de te suivre, essaie d'en savoir un peu plus sur ce qu'ils aiment. Tu ne parviendras à rien avec des cours trop protocolaires. Par exemple, les sœurs Brontë...

---

1. « Vieilles têtes boudeuses ou grincheuses », se prononce « ölti troutzkopf ».

— « Brontë » ? Il y a un lien avec les romancières ?

— On les appelle ainsi à cause de leur côté orageux et fleur bleue, elles sont à la fois romantiques et hystériques. Un peu barjots en fait. Seul le chocolat leur donne le sourire.

— Je comprends mieux, tu m'apprends à les amadouer, n'est-ce pas ?

— Tu vois que tu n'es pas si bête, dit-elle malicieusement en me tapotant la joue.

— Le sucre, rien de tel pour motiver.

Je me souviens de mamie Germaine et de sa passion pour le *Kougelhopf*[1]. C'était hilarant. Elle avait du mal à marcher, pourtant, il suffisait que maman lui prépare une brioche aux raisins pour la voir traverser le salon en clopinant à l'aide de ses béquilles. L'œil vif, gourmand, elle redevenait une fillette le temps de déguster sa pâtisserie. Le sucre et le beurre : deux ingrédients essentiels aux petits bonheurs de nos anciens. Avec un soupçon d'humour et de jeu, je pense que ces chères « têtes grises » retrouveront leur âme d'enfant.

J'embrasse maman sur la joue, la remerciant pour son aide précieuse.

— Va voir tes copains et dis-leur de patienter un peu. Je reviens dans une minute.

— On a tout le temps à nos âges... ou pas ! Il ne faudrait pas que la vessie de mon Gégé lâche dans la piscine, si tu vois où je veux en venir...

_____
1. Brioche traditionnelle alsacienne aux raisins secs et aux amandes.

Je lui réponds par un sourire avant de quitter les lieux. Direction la cuisine. Il me suffit de suivre le fumet qui circule dans les couloirs pour être sur le bon chemin. Il n'est pas encore 9 heures, pourtant on sent les effluves d'un canard à l'orange et au gingembre qui cuit doucement dans le four.

— Tiens, tu es là toi ? s'étonne Mauricette en me voyant arriver.

— Salut Momo, je n'en ai que pour une minute. J'ai besoin de chocolat.

— Les petits vieux t'ont tellement épuisé que ton taux de magnésium est à sec ?

— Il s'agit plutôt de leur taux. Je crois qu'il leur faut un bon coup de jus, et je me suis dit...

— Qu'une petite sucrerie les motiverait, devine-t-elle en ouvrant un placard.

— On dirait que tu as déjà eu la même idée.

— Il faudra juste ne rien ébruiter. Julie, notre diététicienne, est à cheval sur le sucre. Moi je dis qu'à cet âge, on a bien le droit à une friandise de temps en temps. Tous ne font pas de diabète !

Elle se hisse sur la pointe des pieds et tâtonne sur une étagère. Toujours serviable cette Mauricette, tellement qu'elle en oublie le riz qui bout sur le feu. Je n'ai pas le temps de me tourner pour baisser le gaz que son commis arrive les bras chargés de fruits en conserve.

— Flûte ! Momo ! Tu ne vois pas que l'eau déborde ?

« Flûte. » Je ne pensais pas que l'on utilisait encore cette expression, et l'entendre de la bouche d'un grand Black d'une vingtaine d'années est encore plus étonnant. Il se charge de réduire le gaz et de nettoyer les dégâts. D'un coup de cuillère en bois, il vérifie que le riz n'a pas collé puis se tourne vers moi, plus calme, soulagé que la tambouille se porte bien.

— Je suis Rémy, le commis.

— Oscar, le prof d'aquagym.

Son regard se voile. J'y décèle une certaine gêne.

— Alors vous êtes le père d'Anthony ?

— Oui, et tu ne sembles pas ravi de me rencontrer...

Il se gratte le haut du crâne avec une moue presque enfantine.

— Ne le prenez pas mal, m'sieur, je ne m'attendais pas à vous croiser ici, dans notre cuisine. Mais je savais que je vous verrais un jour. Il m'arrive d'aller chez Mumu vu que Mauricette habite l'étage au-dessus. Son aînée me donne des cours pour améliorer mon français, et vu qu'Anthony veillait sur Mumu, nous avons appris à nous connaître.

— Je suis heureux d'apprendre que mon fils s'est fait des amis.

— Il en a peu, vous savez, Anthony est assez introverti. Il préfère se consacrer à la musique et à l'art. Heureusement que je suis musicien à mes heures perdues, cela nous a rapprochés.

J'ignore pourquoi ce jeune homme se confie aussi vite au sujet de sa relation avec mon fils, toutefois, cela me rassure. Au moins, Anthony n'est pas tout à fait seul. J'apprécie l'honnêteté de son ami. Il a l'air tout aussi direct que Momo.

Mauricette, qui était montée sur une chaise pour récupérer des friandises cachées dans un placard, en descend illico, les joues écarlates.

— Il fait une chaleur là-haut ! Allez, Oscar, file rejoindre tes élèves. Tu auras tout le temps de papoter avec Rémy, il vient souvent à la maison. Anthony et lui sont comme cul et chemise.

Rémy lui jette un regard choqué.

— Mais enfin ! Je ne suis pas un… *cul*.

Mauricette se retient de rire, et moi aussi.

— Mon petit Rémy, tu devrais prendre davantage de cours avec ma fille.

Elle se hisse sur ses petites jambes potelées avant de lui pincer délicatement la joue. De l'autre main, elle me tend un sachet dans lequel elle a glissé une tablette de chocolat et quelques madeleines. Un choix proustien, parfait pour les anciens.

— Un grand merci à tous les deux pour votre accueil, je crois que je vais beaucoup m'amuser en travaillant ici.

Je prends le sachet de friandises et tourne les talons. Derrière moi, j'entends des pas de souris qui tentent de me rattraper. Nul doute sur la personne. Je ralentis et me retourne, souriant à Mauricette.

— Je voulais te donner un conseil, dit-elle en me rattrapant.

— Pour dompter mes petits vieux ?

— Non, pour dompter ton fauve de fils !

— C'est vrai que sa crinière et sa barbe lui donnent une allure de lion, concédé-je.

J'approuve la comparaison. La prochaine fois

que je le vois je prépare un cerceau et un fouet, ça peut aider.

— Arrête tes sarcasmes, Oscar, et sois un peu sérieux.

— Désolé, mais j'ai du mal à comprendre pourquoi je devrais recevoir des conseils. C'est à moi de trouver la solution tout seul, non ?

— Comme tu voudras, tu regretteras plus tard de ne pas avoir su qu'en étant proche de Rémy, tu pourrais plus facilement retrouver ton fils. Mais je n'ai rien dit !

— Je maîtrise sans doute l'art du sarcasme, mais niveau prétérition tu te défends très bien.

— On se retrouve tout à l'heure, dit-elle plus sérieusement. J'ai pour habitude de leur apporter une camomille avec un *Bredala*[1]. Exceptionnellement, on leur donnera une mini-collation dans la petite véranda de la piscine.

En parlant de Rémy, le voilà qui nous rejoint avec un autre sachet de friandises.

— Gardez-en pour les prochains cours, vous gagnerez du temps, il ne faut pas faire attendre nos anciens.

Je trouverais presque une pointe de poésie dans sa voix si j'étais sentimental. Enfin, si je le pense, je dois l'être un chouïa. Une chose est sûre, Rémy me plaît. J'apprécie son empathie et sa gentillesse. Momo a su choisir un bon second de cuisine, à sa hauteur, humainement parlant.

— C'est tout bon, on se retrouve après le cours.

---

1. Petit sablé alsacien.

Je les quitte avec le baume au cœur. Leur présence me fait du bien. Je crois que la solitude ne m'allait pas.

Tout sourire, je retrouve le groupe dans la piscine. Ma mère les a rejoints et discute vivement avec Gégé. Ces deux-là se regardent amoureusement. Maman était heureuse quand elle vivait près de Mumu, mais la compagnie d'un homme devait lui manquer. D'ailleurs, le sourire d'une femme amoureuse vaut mille fois celui d'une solitaire heureuse. D'un hochement de tête, je salue le vieux bonhomme bedonnant qui rit avec elle.

— Alors, on commence ? On ne va pas passer la journée ici ! s'exclame Mireille.

J'ai la chance d'avoir une excellente mémoire, et la présentation de maman me permet rapidement de différencier les jumelles.

— *Hopla Geiss*[1] ! On va se remuer.

En voilà déjà deux qui font la grimace. Les deux femmes se ressemblent beaucoup. Seules leurs coupes les distinguent. Mireille arbore des cheveux longs, montés en chignon, et sa sœur une coupe garçonne à la Barbara. On pourrait presque l'entendre chanter un classique, triste et mélancolique, tant elle a l'allure d'une diva sujette au spleen. Ou d'un personnage de Tim Burton. Un rapide tour du groupe me permet d'identifier tous les membres, outre les jumelles portées sur les sucreries. Je découvre Louis, un

---

1. Littéralement « Allez la chèvre ! » employé pour dire « Allez les gars ! ».

gringalet à la tonsure rousse et au léger strabisme, qui semble fou amoureux de Mireille, à en croire ses regards appuyés. Bernadette, une mamie coquette au bonnet à fleurs et aux grosses lunettes à hublots. Sans oublier Gégé, le chéri de maman, grand, trapu, des épaules de boxeur et un visage à la Jean Gabin. Un apollon du troisième âge, ennuyé par un sérieux problème de goutte.

Je retire mon tee-shirt et saute dans le bassin, éclaboussant les sœurs Brontë qui lèvent les yeux au ciel.

— Bien, bonjour à tous. Nous allons commencer par des petits exercices ludiques afin d'échauffer vos muscles.

— Faudrait qu'on en ait encore, souffle Mireille.

— Ne t'inquiète pas, même maigre comme un clou, tu en as en réserve ! s'exclame Bernadette, apparemment jalouse de la ligne des Brontë.

Je lève un doigt inquisiteur pour les réprimander. On dirait vraiment des collégiennes.

— Pas de chamailleries les filles, on est là pour s'amuser et passer un bon moment. Le premier exercice consiste à jouer à la cigogne. Vous allez vous tenir au bord du bassin d'un côté ; puis levez la jambe opposée et pliez-la.

Les vieux, surpris par ma méthode, me jettent un regard incrédule.

— Celui qui craquette[1] le mieux aura droit à une grenouille... en chocolat !

---

1. Craqueter : cri de la cigogne qui est carnivore et grande amatrice de grenouilles.

Mireille lève aussitôt la patte et se met à craqueter avec vigueur. D'ailleurs, on y croirait. Thérèse la surpasse rapidement. Sa frangine, une vieille dame élégante, se démène pour gagner une friandise. Il semblerait qu'elle lui en veuille encore de lui avoir piqué son chocolat la veille. L'appel du sucre est une sacrée motivation pour les gourmands.

Gégé a bien du mal à lever la jambe, tout comme maman. L'exercice est nécessaire, car il réactive les muscles et le réseau sanguin. La perspective d'une récompense les galvanise, chacun redouble d'efforts pour craqueter et sauter sur place. Si bien que l'eau éclabousse de partout et que leurs imitations se répercutent dans toute la piscine qui prend des allures de parc de conservation de cigognes[1].

— Allez, maintenant, on attaque la position du *Bierebüch*[2], annoncé-je en riant.

— Ah ça, je connais bien ! J'ai le droit à un chocolat d'avance ? déclare Gégé en exhibant son splendide poitrail.

— Il va falloir rentrer ce spectaculaire bidon pour remporter le prix ! L'exercice consiste à inspirer profondément et expirer. Pour chaque inspiration, tendez les bras, et fléchissez doucement les jambes. Puis expirez, et remontez à la surface…

---

1. Référence au parc de réintroduction des loutres et des cigognes situé à Hunawihr.
2. Littéralement « ventre de bière ». Expression familière pour faire référence aux gros ventres des buveurs de ce breuvage.

— Comme la mousse d'une bonne bière, souligne ma mère.

— On reconnaît les amatrices de Fischer !

— Météor, répond maman d'une voix grave. Ne mélangeons pas tout, la bière, c'est sacré !

Météor, *mein Gott*[1] ! Maman a vraiment des goûts douteux en matière de bière.

— Eh bien, Météor ou Fischer, montrez-moi vos beaux bidons et fléchissez !

Tous s'exécutent.

Je me rends compte que je prends beaucoup de plaisir à les amuser, et à m'amuser avec eux. Je faisais ce genre d'activité quand j'animais des centres de natation et d'aquagym pour les jeunes. J'adorais inventer des jeux, la grenouille, l'abeille, le cheval qui galope dans l'eau. Autant d'animations dont les gosses raffolaient. J'ai retrouvé mon élément, autant dire que je baigne dans mon jus. Enfin, un jus qui sent le savon de mémé et le chlore. Tout de même, je suis bien, et ni moi ni les octogénaires ne voient le temps défiler. Si bien que le cours déborde sur l'heure du goûter.

— Venez prendre une collation ! s'exclame Mauricette d'une voix guillerette.

Les petits vieux sortent presque aussitôt de la piscine, oubliant leur arthrose le temps de sauter dans un peignoir et de rejoindre Mauricette qui les attend sous la véranda.

— Hey ! *Oscarala*, pense aux chocolats ! me rappelle Thérèse tout en fermant son peignoir.

---

1. « Mon Dieu ! »

Je vois que maman leur a soufflé mon surnom.

— Il y en aura assez pour tout le monde. Cachez-le correctement cette fois, lui conseillé-je en lui adressant un clin d'œil.

Je reste un moment face au bassin, pensif, soulagé de ce premier contact. J'aimais mon job à la piscine de Guebwiller l'année de mes vingt ans. Le contact avec les gosses, leurs rires, leur envie d'apprendre. Je retrouve la même volonté chez les anciens. La vieillesse est un éternel retour aux jeunes années.

— Ne reste pas planté là, viens donc manger un bout avec nous, me sermonne maman tout emmitouflée dans un long peignoir à fleurs.

Je lui passe mon bras derrière le dos avant d'effleurer sa joue du bout des lèvres.

— Tu vois, je savais que ça te ferait du bien de revenir.

— Une mère a rarement tort, et puis, avec tata Mumu, je me sens comme un poisson dans l'eau.

— Mmh, j'imagine qu'elle s'est coupée en quatre pour concocter tes plats préférés.

— Tout juste. D'ailleurs, je lui ai déjà fait remarquer qu'elle ne devait pas se casser la tête pour moi, mais tu sais qu'elle est obstinée.

Elle ne me laisse pas le temps de m'installer sous la véranda qu'elle hèle Momo avec vigueur :

— Mauricette, tu serais d'accord pour que mon fils mange chez toi le soir ? Mumu va en faire des tonnes et je n'ai pas envie qu'elle s'épuise.

— Pour ça, tu as raison ! répond Mauricette tout en servant les petits vieux qui se régalent

100

avec un petit-beurre. Oscar, tu es le bienvenu. Je t'attends à 19 heures ; ne te prends pas la tête, ce sera un repas en toute simplicité.

Maman et Momo ne me laissent pas le choix. Et je n'ai pas particulièrement peur de passer une soirée chez elle : vu ses qualités de cuisinière, je vais certainement me régaler. À moins qu'elle décide de me cuisiner au sujet de mon fils. Dans ces conditions, la soirée risque de tourner au vinaigre.

# 8

## Le pouvoir du bœuf au chocolat

Pour accéder à l'appartement de Mauricette, il faut contourner la maison de Mumu et monter un grand escalier en bois qui mène à l'étage par l'extérieur. Il s'agit d'une ancienne construction qui permettait au personnel de vivre à l'écart et d'aller et venir sans gêner les propriétaires dans leur demeure. C'était une autre époque, certainement difficile, où il devait tout de même être agréable aux bonnes de s'installer sur le balcon et de jouir de la vue du jardin les matins d'été.

En bas, Mumu m'invite à toquer avec vigueur car Momo a tendance à écouter la musique « *A Bessala* trop fort » quand elle est en cuisine.

— Tu devrais manger avec nous, tu ne vas pas rester seule alors que nous sommes juste à l'étage.

— Je ne te savais pas aussi timide, *Oscarala*, me taquine-t-elle. Ce soir j'ai rendez-vous avec *Les Experts* et Zette. On commente les tenues des officiers au téléphone. Ça nous rappelle le bon vieux temps !

— *Jo Hammel*, j'avais oublié ce rituel. Quand j'étais petit, vous en pinciez pour Chuck Norris. J'en ai soupé du *Walker Texas Ranger*...

— Erreur jeune homme, j'en pinçais pour son copain amérindien ! Bon, si tu ne te décides pas à toquer, je vais le faire à ta place. Momo ne va pas te manger !

— Ses filles, peut-être, marmonné-je en m'approchant de la porte.

Allez, ce n'est rien. Juste un repas entre collègues. N'empêche, je ne suis pas sorti de ma tanière depuis un bail. Je pensais plutôt passer la soirée avec mon fils qui loge chez sa grand-mère, mais il semblerait qu'il ait d'autres projets. Depuis 18 heures, une bicyclette est cadenassée juste devant le portillon. J'imagine qu'Anthony a préféré passer la soirée avec son ami Rémy plutôt que son loser de père.

Me voilà planté devant la porte de Mauricette, et pas spécialement à l'aise dans mes baskets. J'ai mis trois plombes à m'habiller. Quoi porter ? Mon survêtement ? Bof, si Momo cuisine pour moi, ce serait irrespectueux de venir en tenue de travail. Alors quoi ? Une chemise blanche ? Pour la saloper avec de la sauce ? Pas pour moi. J'ai mangé seul pendant des années sans me soucier de rien. Ce soir, il va falloir que je me tienne. Dernière option : le simple polo bleu marine. Avec un jean, on est dans les codes du collègue qui a enfilé une fringue propre sans réfléchir.

Je viens sans aucune intention particulière. Enfin si, j'ai une faim de loup.

— Vous êtes le serrurier ? demande une voix espiègle.

Je sors immédiatement de mes pensées et remarque qu'une adolescente aux cheveux frisés se tient sur le balcon tout près de l'escalier. On dirait l'exacte réplique de Mauricette avec un soupçon de sarcasme.

— Je suppose que tu es l'une des filles de Momo ?

— Et que vous devez être notre invité... vachement stressé, ou simplement fasciné par notre porte ! En tout cas, vous avez une mémoire de poisson rouge, parce qu'on s'est croisés plusieurs fois ces dernières années.

— Je ne suis pas physionomiste.

— On dirait bien...

— Quelqu'un compte m'ouvrir ?

— Il faudrait déjà sonner ! s'exclame-t-elle en levant les yeux au ciel.

Impertinente, la petite. Mais perspicace. J'appuie sur la sonnette, au moins Mauricette m'entendra plus facilement. La porte s'ouvre presque instantanément. Je découvre une deuxième ado, plus élancée que la première, blonde aux yeux bleus, et au visage doux et sage. L'antithèse de la furie qui fonce dans le couloir pour annoncer ma venue.

— Bonsoir, je suis Camille, maman m'a demandé de vous accueillir. Elle a les mains dans la pâte.

— Et c'est pas facile pour ouvrir la porte ! hurle Momo depuis la cuisine.

— Y a pas de soucis, Momo !

Camille m'invite à la suivre. Je traverse le petit couloir qui surplombe le salon de tata Mumu. Je connais assez bien l'endroit pour y avoir passé une partie de mon enfance avant que l'étage ne soit loué. En haut, la maison se partage en quatre pièces, une petite salle d'eau, deux chambres, et un espace de détente et de cuisine tout au bout du couloir. C'est là que m'attendent Mauricette et sa seconde fille, Lucie.

Ma collègue a troqué sa blouse rose pour un ensemble d'intérieur. Legging noir et débardeur Decathlon aux couleurs criardes. *A priori*, le repas s'annonce sous le signe de la décontraction. J'ai bien fait de mettre un simple polo.

— Salut, Oscar, va t'asseoir sur le canapé et sers-toi, j'ai préparé un petit apéro.

Petit. Le mot est faible. Sur la table basse, je découvre un grand plateau aux motifs africains couvert de gougères au munster, d'acras et de mini-*Bredala* en forme d'étoiles qui sentent bon le fromage.

— Tu attends quelqu'un d'autre ?

— Non, on est juste une famille de morfales ! s'exclame Lucie qui s'assied en tailleur sur le canapé pour dévorer deux gougères.

— Lucie, un peu de tenue ! lui reproche sa mère.

— Pardon, rétorque l'ado qui a la bouche pleine. Vous prendrez bien une petite bière ?

Elle me tend une bouteille avant d'essuyer les miettes qui lui collent au coin des lèvres. Je prends place à côté d'elle et accepte de boire un *Schlück*.

— Tu vois que je suis bien éduquée, dit-elle malicieusement.

Sa sœur s'installe sur un gros coussin et fronce les sourcils. Elles me font rire ces deux petites. Elles sont totalement complémentaires. Un duo parfait.

La déco de la pièce est hétéroclite. Mauricette a une collection de masques africains qui ornent le mur, tout près des tapisseries alsaciennes laissées par ma tante. De nombreuses plantes vertes côtoient une bibliothèque pleine à craquer. On y trouve des livres de cuisine en quantité monumentale, ainsi que des romans de tous les genres. Au sol, près de la phalangère qui étend ses pousses folles, je découvre un tam-tam et un djembé dont la surface semble encore chaude. On a pour habitude de voir ces instruments laissés dans un coin, couverts de poussière ou recyclés en tabouret, ceux-ci ont l'air d'avoir été utilisés récemment. Un semblant de vie s'en échappe, comme si on venait de jouer un air.

— J'espère que l'odeur de friture ne te gêne pas, s'inquiète Mauricette qui plonge des beignets dans l'huile.

— C'est une vraie torture Momo, arrête de me mettre l'eau à la bouche !

Elle se contente de sourire tout en continuant de frire sa pâte.

Le petit appartement vit, respire et exhale des parfums appétissants. La cuisine est le cœur battant d'une demeure, tata Mumu et maman me l'ont bien appris. Mauricette est la digne héritière de ce lieu ; même si elle n'en est que la locataire, elle ravive son âme alors qu'elle trempe la pâte dans l'huile qui chante.

Je n'ai qu'à me laisser prendre au jeu olfactif des souvenirs pour plonger en moi-même et goûter aux merveilleuses bugnes de tata Mumu. Elle les aromatisait avec une pointe de kirsch, ou de rhum pour « faire exotique », mais celles que je préférais sentaient bon l'écorce de citron et les agrumes fraîchement râpés. Mauricette est une magicienne. D'un coup de baguette – ou plutôt d'écumoire –, elle ravive les moments les plus doux de mon enfance.

— Ne sois pas gênée pour l'odeur Momo, j'ai grandi dans un lieu où les *Schenkele*[1] et les bugnes de carnaval étaient cuits toute l'année.

— Tiens, tu as raison ! Mumu ne respecte ni les saisons, ni les fêtes, répond-elle en souriant. Sa gourmandise ne se borne à aucune période…

— Tout comme son cholestérol, souligné-je en croquant dans un petit four. Bon sang ! C'est à se damner !

Les filles de Momo éclatent de rire et se servent à leur tour en adressant des clins d'œil

---

1. Littéralement « cuisse », sous-entendu « de dame », nom donné au beignet traditionnel de carnaval en référence à sa forme de « baguette gonflée » pouvant être aux amandes ou au kirsch. Se prononce « schankala » dans le Haut-Rhin.

à leur maman. Cela fait des lustres que je n'ai pas mangé un plat réalisé avec amour, et encore moins des petits fours. Elles peuvent rire, moi, je me régale. Au fond, ce n'est pas uniquement mes papilles qui s'éveillent. Les saveurs de Mauricette m'aident à retrouver mon ancienne bonhomie.

— Je t'avais dit qu'il succomberait à ta cuisine, pas de quoi stresser, résume Lucie qui s'essuie les lèvres d'un revers de la main.

Camille lui tend une serviette en la faisant voleter, mais elle l'ignore et s'adresse à moi en croquant dans un autre petit four.

— Maman avait peur de ne pas être à la hauteur. Faut être un peu gonflé pour préparer des *Bredala* au parmesan et au basilic !

Mauricette, qui a fini de dresser un plat d'acras, nous retrouve après avoir jeté négligemment son tablier sur l'épaule. Elle a l'air d'une boxeuse achevant un round particulièrement difficile. Sa tenue de sport est tout à fait appropriée. Au regard noir qu'elle jette à Lucie, j'imagine qu'elle a dû encaisser quelques pics de sa moqueuse de fille pendant qu'elle s'activait aux fourneaux.

— Tu n'étais pas obligée de cuisiner autant, lui fais-je remarquer en désignant les victuailles sur la table basse.

— Il s'agit du service minimum, chez nous, dit-elle tout en se servant une bière.

— Chez « vous » ?

Elle ne me répond pas. Assoiffée et éreintée, elle avale une grande lampée en jetant sa tête en arrière. Aucune manière, pas de chichi. Mauricette reste fidèle à elle-même. Autant me montrer sous mon vrai jour. Si elle est aussi sincère, je lui dois bien de lui rendre la pareille.

— Elle veut dire chez les créoles, m'explique Camille. Maman a des origines guadeloupéennes. Elles remontent à loin. Je crois que notre arrière-grand-père, un colon français, était tombé amoureux d'une fille d'esclave...

— Ouais, cette sacrée mamie devait savoir cuisiner ! Mam's a hérité d'un gros bouquin, genre grimoire, avec des tas de recettes d'inspiration créole. Du coup, notre héritage se résume à préparer des festins ! renchérit Lucie.

Je comprends mieux d'où Mauricette tient ses magnifiques frisettes et son teint hâlé. Quant au franc-parler de Lucie, il est évident qu'elle l'a hérité de sa maman, mais je me garderai bien de le lui dire, car je vois que la relation est électrique entre ces deux-là. Les aimants s'attirent et s'entrechoquent parfois. Difficile de faire cohabiter des énergies similaires et égales en puissance.

— Vu comme tu te goinfres, il faut bien que je prévoie le maximum, rétorque sa mère. Oscar, prends donc un acra de carpe et trempe-le dans cette sauce, s'il te plaît.

— De la carpe dans un acra ? Il me semblait qu'ils étaient faits avec de la morue, relevé-je en passant le beignet sous mon nez.

Je suis frappé par son parfum. J'ai même un peu de mal à croire que je vais déguster un amuse-bouche antillais, tant cet acra m'évoque les carpes frites de maman.

— Déroutant, non ? devine Mauricette.

— Tu as décidé de revisiter toute l'Alsace avec ton apéro Mulhouse-Pointe-à-Pitre ?

— Je voulais te faire voyager. Mumu m'a dit que tu n'avais pas quitté ton appartement depuis des années, autant te payer une escale culinaire. Tout à fait entre nous, je ne peux pas exploiter toute mon imagination quand je travaille à la maison de retraite, sans compter que Julie me tape sur les nerfs à tout vérifier. Pourtant, je suis rigoureuse avec le cahier de nutrition, mais mademoiselle se plaint que je change ses menus. Eh bien ce soir, j'orchestre tout de A à Z ! Avec de bons ingrédients, des produits de qualité, et de quoi raviver le gosier d'un célibataire nourri aux raviolis !

Mumu en a dit beaucoup à mon sujet à notre charmante voisine... Je suis un peu embêté à l'idée que cette dernière produise autant d'efforts, surtout après une dure journée de travail.

— Tu peux être fière de toi, ce repas est une réussite.

Mauricette passe une main sur son front pour essuyer une goutte imaginaire puis croque dans un *Bredala* au fromage.

— Pfiou ! Une chose en moins !

— Tu avais si peur de me recevoir ? Tu sais, j'étais habitué à manger des boîtes et du surgelé alors...

— Alors, il fallait rééduquer ton palais.

— Si je comprends bien, je m'occupe de rééduquer les corps des petits vieux, et toi tu en fais de même avec mes papilles ? Je me demande bien ce qui me vaut un tel privilège !

Mauricette rougit et baisse les yeux. Je ne sais pas trop de quelle façon rattraper ma maladresse. D'ailleurs, j'ignore ce que j'ai laissé entendre pour qu'elle se dérobe ainsi.

C'est Lucie qui brise la glace, sans ménagement évidemment.

— Ne soyez pas gêné, Oscar, Maman est une samaritaine qui n'aime pas qu'on le lui fasse remarquer. Elle est trop pudique à ce sujet. Elle est du genre à nourrir tous les chiens errants et bestioles blessées, vous savez, il suffit de vous regarder pour comprendre que vous ne becquetez que de la...

— Lucie ! la réprimande Camille. Ignorez-la, elle ne sait pas s'exprimer sans vulgarité.

— Elle est sans filtre surtout, souligné-je. C'est bien, j'aime la franchise. Je suis également du genre *Frach*[1], tu peux me parler comme tu veux *Maïdala*[2], le vieux clébard est plutôt ravi que ta maman ait eu pitié de lui. J'avoue éprouver un bien fou à déguster un si bon repas en votre compagnie.

Je lève mon verre, saluant respectueusement ma gentille hôtesse, la soigneuse de « vieux clébards », la cuisinière au grand cœur qui planque des chocolats pour soulager les résidents des

---

1. Qui parle de façon directe, voire effrontée, presque insolente. Se prononce « frare ».
2. Terme affectueux pour désigner une jeune fille, se traduit « fillette ».

Cigognes. Au fond, Momo tombe à pic. Le cabossé avait besoin d'une âme charitable et d'un coup de pied aux fesses.

— On va passer au plat principal, j'espère que tu as gardé de la place, se moque Mauricette en rejoignant la cuisine.

— Je suis alsacien, ce ne sont pas quelques douceurs qui vont satisfaire mon appétit !

— Tu as vécu en région parisienne assez long-temps, qui sait si tu es capable d'honorer ma cuisine.

Elle ouvre le four. Un divin fumet d'épices et de viande s'en échappe. Je n'arrive pas à défi-nir vraiment cette odeur. Étonnamment, elle me rappelle les marchés de Noël, le vin chaud et les biscuits à la cannelle. Drôle d'association étant donné que Mauricette vient de déposer un énorme rôti de bœuf sur le plan de travail.

— Les filles, dressez la table, c'est prêt !

— Il était temps, la taquine Lucie en se levant.

Camille soupire, ce qui me fait rire intérieu-rement.

Je reste à ma place, observant les filles qui se trouvent dans la minuscule salle à manger. Avec précaution, elles sortent de belles assiettes alsaciennes du vaisselier. Un coup d'œil aux scènes de vie sur la poterie de Soufflenheim[1] me replonge dans mes souvenirs d'enfance. Un cavalier à l'orée du bois, une bergère menant les brebis dans une prairie, une ronde d'enfants

1. Village du Bas-Rhin reconnu pour son savoir-faire en matière de poteries et de vaisselle typiquement alsaciennes.

dansant sur la place d'un village ; ces tendres scènes pastorales ont certainement bercé l'enfance de Momo autant que la mienne.

— Mam's a mis les petits plats dans les grands ! s'exclame Camille.

— Elle sort rarement la vaisselle de mamie, glisse Lucie à mon oreille. Vous êtes un privilégié !

— Lucie, laisse notre invité ! gronde Mauricette.

Affairée à transvaser le contenu d'une casserole dans un illustre saucier en porcelaine, Mauricette n'en perd pas moins sa repartie, et sans gâcher une goutte de sauce.

— Tu excuseras les mauvaises manières de Lucie, elle n'a pas l'habitude qu'on reçoive des hommes sous notre toit. Dès que l'occasion se présente, elle se transforme en agente matrimoniale… de piètre qualité !

— J'ai du nez pour flairer les bons spécimens, ce maître-nageur a l'air tout à fait convenable, rétorque Lucie qui me tapote l'épaule.

J'hésite entre me glisser dans un trou de souris ou rire à en pleurer. J'opte pour la seconde option.

— Tu es prête à accepter un Parigot pour beau-papa ? *Hopla !* Moi je veux bien te supporter, ça aidera au moins ta maman. Je crois qu'elle a beaucoup à faire avec une chipie comme toi !

— Ah voilà ! Tu vois, celui-là, il m'aime bien, je le prends comme un bon signe.

— Vous formez un couple paaaarfait ! rétorque Camille qui fait enfin preuve d'humour.

— C'est bon, je parlais de maman, moi je ne veux pas d'un vieux croûton !

Elle se lève en boudant.

— Tu as raison, il est trop vieux pour toi, poursuit Mauricette en apportant le rôti. Et puis, me concernant, j'ai d'autres chats à fouetter. Ne le prends pas mal Oscar, mais je suis une âme solitaire.

— On est fait pour s'entendre, car je ne suis pas près de me caser.

— Vous êtes irrécupérables, soupire Lucie.

— Et affamés, complète Momo qui me fait signe de m'asseoir. Allez, les *Spätzle*[1] vont refroidir.

Nous nous mettons à table. Les effluves du repas m'ouvrent l'appétit. La viande est cuite à la perfection, légèrement rosée, le grain est tendre, juteux, une vraie douceur. Les pâtes sont fidèles à la tradition alsacienne. Moelleuses et croustillantes, légèrement beurrées, pareilles à celles préparées par ma *Mamama*[2]. Mauricette respecte merveilleusement les classiques et les réinvente avec brio. Le clou du repas se trouve dans le saucier. Jamais je n'ai goûté un fond de bœuf aussi intense et doux. C'est une caresse, une sauce délicate et sucrée avec l'intensité d'une épice mystérieuse.

— Tu ne trouves pas mon ingrédient secret, n'est-ce pas ?

— Je donne ma langue au chat.

---

1. Nouilles alsaciennes épaisses grillées dans la poêle pouvant accompagner des plats en sauce.
2. « Mamie ».

— Je réalise ma sauce avec du cacao amer.

— J'ai cru pendant un moment qu'il y avait du café.

— Pas mal, ton palais n'est pas si endormi. Le cacao a la force du café, surtout que celui-ci est torréfié.

— J'ignorais que l'on pouvait utiliser le chocolat dans un plat salé, tu m'as offert un sacré voyage !

— Maman est très douée pour les associations surprenantes, elle aime marier la cuisine française et les saveurs exotiques, explique Camille qui trempe son doigt dans la sauce afin de nettoyer son assiette.

Ce geste est délicat, presque évanescent. Camille aurait pu être transparente avec une sœur aussi flamboyante que Lucie, mais c'est justement la lumière joyeuse de Lucie qui valorise la candeur et la douceur de son aînée. Les deux sœurs sont complices, complémentaires et si différentes. Deux personnes liées par un amour sororal tel que j'en ai rarement vu. Elles n'ont pas besoin de parler pour communiquer. Un seul regard les fait rire aux éclats. Cette douce connivence m'apaise. Moi qui n'ai plus partagé un repas en famille depuis si longtemps, j'apprécie ce moment intime dans la vie de Mauricette.

— Je salue ton audace, Momo, et te remercie pour ce merveilleux repas. Je n'avais plus aussi bien mangé depuis des lustres.

— J'imagine que tu fais rarement ce genre de plat, dit-elle en me servant une nouvelle tranche de rôti. Enfin, c'est ce qu'Anthony nous a confié.

Il mange régulièrement ici le soir, il devait se languir de la bonne gastronomie. Il a fait une exception aujourd'hui, je crois qu'il n'était pas prêt à partager ce repas avec toi... J'espère que ma franchise ne te blesse pas.

— J'apprécie ton honnêteté. Anthony a été nourri de purées instantanées et de coquillettes ; je suis bien content qu'il se rattrape en partageant ta table.

— Purée, le pauvre gosse ! s'exclame Lucie.

— Luce, sois polie, certaines personnes n'ont pas le temps de préparer des plats élaborés et...

— Ta fille a raison. J'ai grandi dans une famille où la gastronomie est un pilier, mais j'ai laissé la « maison » s'effondrer en gavant mon fils de produits industriels. J'étais fainéant et trop égoïste. Une cuisine sans âme est un instrument de musique abandonné. On n'oublie jamais les notes d'une mélodie, et la saveur d'un plat, son air chantant qui vous prend le cœur est éternel. Je ne sais pas ce qui m'a pris de m'épancher ainsi. Je suis ému, incroyablement touché par cette symphonie chocolatée qui a bouleversé mes sens.

— Je crois qu'il manque un petit quelque chose pour rendre ce repas mémorable, suggère Mauricette en désignant un objet derrière elle.

— Maman, tu n'y penses pas ? Il est 22 heures, on va embêter Mumu ! s'étonne Camille.

— Oh que si ! s'exclame-t-elle. Un peu de musique ne fera pas de mal à notre invité. Et Mumu se couche après 23 heures, *Hopla !* Montre-nous ce que Rémy t'a appris.

Lucie se lève et récupère le djembé posé près du poste de télévision. Radieuse, elle passe la sangle en cuir autour de son épaule et défait sa tignasse qu'elle secoue en rythme tout en tapotant sur son instrument.

— Allez, Oscar ! Laissez la musique saisir votre cœur, si le repas de maman ne vous l'a pas volé !

Je souris, charmé par cette gamine au regard brûlant de malice. J'ignore la façon dont elles ont grandi avec leur maman, mais Lucie et Camille irradient de joie et d'amour.

Guillerette, Mauricette s'empare d'une télécommande et allume une chaîne stéréo. Le zouk retentit. La mélodie est agréable, chaleureuse comme une soirée d'été. L'idéal pour se détendre et apporter un peu d'exotisme. Tout sourire, elle remue les épaules, se lève et me tend la main.

— Viens éliminer tout ce gras si tu veux profiter du dessert.

— J'ai encore de la réserve, et niveau danse, tu risques d'être déçue. Si je suis à l'aise dans la flotte, hors de l'eau, j'ai autant de grâce qu'un crabe marchant sur le sable brûlant !

— *Jo Hammel !* Montre-nous la danse des crabes, rétorque Mauricette en faisant un pas de côté pour mimer la démarche bancale des crustacés.

Même Camille entre dans le jeu et imite sa mère mimant des pinces avec les mains. Au même moment, Mumu nous rejoint en se dandinant. Ma brave tantine ne pouvait pas résister à l'appel de la danse !

J'ai l'impression de regarder un spectacle d'école maternelle. Le genre de truc auquel les parents doivent participer, applaudir, sourire et s'enthousiasmer malgré le caractère désuet et cucul la praline des chorégraphies.

— Allez ! Venez, on ne va pas vous manger ! insiste gentiment Camille.

— Le vieux crabe préfère rester planqué sous un caillou plutôt que de se dandiner avec nous ! se moque Lucie.

Je me dresse d'un bond, en trois pas chassés je retrouve le quatuor et imite leur chorégraphie. J'ai l'air ridicule et j'en ris. Chose extraordinaire pour un vieux crabe au cœur asséché par des années de solitude. Je pensais qu'on ne pouvait plus rien tirer de moi, pourtant, les filles m'ont si bien attendri qu'elles pourraient manger mes pinces avec de la mayonnaise sans que j'en fasse un fromage !

# 9

# Avoir la frite

La mélodie d'un djembé me sort doucement du lit. J'ai l'impression que la soirée d'hier n'est pas finie et que je me suis endormi sur le canapé avec Lucie qui joue encore de la musique. Ce n'est pas le cas. J'ai retrouvé la chambre d'amis de Mumu vers 2 heures du matin, et me suis endormi très vite, apaisé par le souvenir d'une jolie soirée passée en bonne compagnie.

Le chant du djembé ne me gêne pas. Il pourrait m'agacer, mais il prolonge l'ambiance chaleureuse que j'ai appréciée chez Mauricette. La nuit a été courte et agréable.

Passer du temps avec des gens, avoir du plaisir à manger, à rire, à danser... Autant de choses simples que j'avais mises de côté. Des petits riens qui ponctuaient mon quotidien avant que tout s'effondre. Je m'interdisais le bonheur car j'en avais privé ma famille. Mais les filles de Mauricette étaient si lumineuses que je ne pouvais éteindre leur éclat par ma mélancolie. Hier, j'ai goûté le plaisir infini. La famille de Momo est à l'image de celle que j'aurais dû avoir. Marie avait raison, le bonheur ne s'achète pas.

Le son du djembé s'accroît. J'ai l'impression que le joueur se trouve juste derrière ma porte. Serait-ce une farce de Lucie ?

J'enfile mes pantoufles et quitte ma chambre, tombant nez à nez avec mon fils qui joue du djembé dans le salon de Mumu. Le *Kloufi* affiche un sourire moqueur, ravi de m'avoir tiré du lit.

— Tu sors de chez toi uniquement dans l'espoir de me casser les pieds de bon matin ?

— Tout à fait, réplique-t-il en tapant sur son djembé. Je me suis dit que mon vieux père apprécierait un réveil en fanfare.

— Eh bien, c'est loupé.

— Ah bon ? Pourtant, tu es debout.

— Et de bonne humeur. Je dois avouer que ça m'a plu.

Je prends l'initiative de m'asseoir à côté de lui. Anthony a un léger mouvement de recul, mais il ne cède pas à la tentation de partir.

— Ne joue pas la comédie, papa, tu as toujours détesté mon engouement pour la musique. Je suis venu uniquement pour te casser les pieds. Demain, j'apporte ma trompette.

— Excellent choix si tu me joues l'air du *Gendarme à Saint-Tropez*, je suis partant !

Anthony me sourit. Il n'a pas rasé sa barbe et ne semble pas vouloir s'en défaire. Ce petit look à la Robinson lui va comme un gant.

— Ce n'était pas vraiment la réaction que j'attendais.

— Si je n'avais pas passé la soirée d'hier à danser sur des rythmes africains, je pense que tu aurais fait mouche.

— Eh bien, ça change de l'époque où tu m'engueulais parce que j'ai préféré prendre des cours au conservatoire plutôt que de poursuivre une carrière de nageur professionnel.

Ses yeux brillent de colère en pensant au passé. Il a posé son djembé. Les poings serrés, la mâchoire tendue, il garde son regard planté dans le mien. En temps normal, j'aurais craqué pour bien moins et pris la poudre d'escampette. Je ne sais pas vraiment comment m'y prendre, ni de quelle façon m'excuser. J'avance ma main sur le canapé, un peu maladroitement. Surpris que je ne me débine pas, il reste immobile.

Je pose ma main sur la sienne, conscient de ne pas lui avoir donné de tendresse depuis bien longtemps.

— Tu m'en veux encore ?

— Tu n'es jamais venu à un seul concert. Sais-tu seulement ce que je fais comme études ?

— Deuxième année de licence d'art et spectacle, première année réussie avec brio, mention spéciale pour la création d'un spectacle musicale aux sonorités africaines.

Sous sa barbe, Anthony est blême.

— Tu crois que j'allais te laisser partir sans m'intéresser à tes choix ? J'étais trop fier pour m'avouer vaincu, mais tu as agi comme il le fallait. Si la musique est ta passion, je n'ai pas à t'empêcher de la vivre.

— Tu as mis autant d'années à t'en rendre compte ?

— Mieux vaut tard que jamais. Anthony ; je voulais juste te transmettre une passion qui me faisait vibrer. Je ne comprenais pas pourquoi tu t'obstinais à vouloir devenir...

— Un saltimbanque ? coupe-t-il avec aigreur.

— J'avoue avoir été un chouïa con.

— Tu l'es toujours, rétorque-t-il avec un léger sourire. Devoir user de stratagèmes pour que tu daignes passer du temps avec mamie Zette et tata Mumu, c'est d'un triste !

— « Le tranchant de la rancœur est long à s'émousser[1]. »

Anthony écarquille les yeux.

— Je ne te savais pas poète, me raille-t-il.

— Je ne le suis pas. Ta mère conservait un carnet où elle notait les citations des bouquins qu'elle dévorait. Elle ne pouvait pas tenir une conversation sans citer les auteurs qu'elle aimait le plus. J'imagine que sa librairie doit être considérée comme un sanctuaire. Je ne connais personne qui aime autant les livres qu'elle.

— Sa librairie vaut le détour. Elle a bien fait de te quitter et de vivre sa passion.

— Avant que la mienne ne l'écrase...

Anthony soupire. Mes mots le touchent.

---

1. Patrick Lapeyre, *La Vie est brève et le désir sans fin*, P.O.L, 2010.

— Papa. Tu te rends compte que tu me parles pour la première fois de maman depuis votre divorce ?

Je lui passe un bras derrière le cou.

— Si tu as besoin de me taquiner encore pour te soulager, je le comprends. Je peux faire semblant d'avoir été agacé par ton boucan tout à l'heure.

Il esquisse un petit sourire et pose sa tête sur mon épaule. Un léger frisson parcourt ma nuque. J'aime cette nouvelle proximité avec mon fils.

— Je préférerais que tu continues de parler de maman. Pendant cinq ans, j'ai eu l'impression de vivre avec deux fantômes. Maman se consacrait uniquement à sa librairie, et toi... toi tu te contentais de t'enfoncer dans un trou.

— J'avais si honte que j'aurais préféré disparaître plutôt que d'affronter la réalité. J'aurais pu être un meilleur père. Ta mère espérait éveiller mon côté paternel en partant. Sauf que je n'ai pas fait les bons choix. Marie est une personne formidable. Elle riait de tout, jamais moqueuse, éternellement bienveillante. Elle savait parler aux gens. J'étais un ours à côté d'elle.

— Ça n'a pas changé.

— Mamie Zette m'a sorti de ma tanière. Au fond, je suis très sociable. Il suffit d'un rien pour que le naturel revienne au galop.

Anthony manque s'étrangler de surprise.

— Toi ? Sociable ? Tu ne quittais même pas ton appartement ! Et à la piscine, tu ne parlais à personne...

— Oui, et il y a quinze ans j'étais champion de natation, je faisais en moyenne une interview par semaine, j'entraînais un groupe de gamins défavorisés, j'organisais des tombolas en me déguisant en clown, et je sortais avec mes amis.

— Et tu passais plus de temps dehors qu'avec ta propre famille.

J'ai évité cette confrontation pendant des années. Cette fois, je suis prêt à parler. Mauricette et ses filles y sont sans doute pour quelque chose.

— Je n'étais pas avec vous, mais je pensais bien faire. Je voulais vous mettre à l'abri du besoin, vous protéger...

— Papa, tout ça je le sais. Si tu veux que l'on avance tous les deux, tu dois être totalement honnête avec moi.

Je crois que mon cœur n'a jamais battu aussi fort qu'à cet instant. Anthony ne me quitte pas des yeux.

— Tu es prêt à me pardonner ?

— Si je veux avancer, je suis bien obligé de le faire. Tu n'imagines pas le poids que c'est ! Devoir t'oublier, faire comme si tu n'existais pas. Mais papa, je n'ai qu'une vie, et je veux aller de l'avant. C'est à toi d'être franc avec moi et de m'aider à te pardonner.

— Tu as raison. J'aimais tellement ce que je faisais que je vivais avec des œillères. Tu sais, à aucun moment je n'ai pensé que je vous blesserais. J'étais présent pour les anniversaires et les fêtes, je vous emmenais dans des destinations paradisiaques...

— Oui, tu faisais tout pour nous combler et tu disparaissais après...

— Je pensais bien agir. Je voyais ça comme mon devoir de père. D'ailleurs, je n'avais aucun plaisir à tourner des spots de pub ou rencontrer des sponsors ; je voyais mes cachets comme un bonus pour vous. Je comptais agrandir la maison, ajouter une piscine d'intérieur pour que tu suives mes pas, mais je vivais dans une sorte de bulle ! Ta mère l'a éclatée du jour au lendemain et je suis tombé de tellement haut que je n'ai plus eu le courage de me relever.

— Tu as passé cinq ans à m'obliger à poursuivre ton propre rêve alors que le tien était fichu, pourquoi t'être acharné sur moi ?

— J'ai voulu te transmettre ma propre passion par pur égoïsme. Ma carrière était finie mais je rêvais que tu prennes la relève.

— Pour être heureux à travers moi. On voit où tes projets nous ont menés. Je suis parti parce que je sentais que mes projets te déplaisaient. Tu aurais pu continuer d'entraîner l'équipe de France et me laisser tranquille.

— Si j'avais continué la compétition, tu aurais mangé seul midi et soir. Personne ne t'aurait aidé à finir tes devoirs ou à réviser tes leçons. Je ne t'aurais pas emmené boire ta première bière le jour où tu as eu ton bac, ni mangé des glaces à la sortie du collège. Je devrais remercier ta mère, car ce divorce m'a permis de passer de bons moments avec toi. Ne crois pas qu'elle a agi de gaieté de cœur. Marie t'aime viscéralement. Elle a demandé que j'obtienne la garde exclusive afin que nos relations s'améliorent. Si on parvient à se parler aujourd'hui, elle doit en être un peu responsable.

Je crois que la mâchoire d'Anthony va se casser la figure.

— Et tu as raison, pour être sincère la natation me manque. J'ai besoin d'objectifs et de challenges dans ma vie.

— Alors tu as accepté de bosser aux Cigognes par intérêt personnel ?

— Par le passé, j'ai trouvé formateur de m'occuper de gamins qui n'avaient jamais mis les pieds dans la flotte. Je crois que mamie Zette m'a fait venir pour l'aider et pour me soutenir.

— Tu penses que tu seras à nouveau heureux en restant avec nous ?

La sincérité de sa question me frappe de plein fouet. Le suis-je ? Je n'en ai aucune idée. Je ne me sens pas triste pour autant. Quelque chose a éveillé l'homme que j'étais. L'Alsace, la douceur de la vie, les baisers de maman, la tarte aux pommes de Mumu, l'humour de Mauricette. Tout s'accorde pour ranimer la joie enfouie dans mon cœur.

— Je suis en bonne voie.

— Les cours d'aquagym t'aident à t'ouvrir aux autres ?

— Je pense. Les petits vieux me ressemblent. Ils ont du vécu et sont assez renfermés. D'ailleurs, un cours musical les motiverait. Tu as quelque chose de prévu ce matin ?

— Non, je travaille à 13 heures au théâtre de la ville, et je n'ai pas cours.

— Un petit tour à la piscine avec ton djembé, ça te dit ?

— Pourquoi pas, mais je n'ai pas l'habitude de me produire tout seul...

— On demandera à Rémy de t'accompagner, si Momo accepte qu'il nous rejoigne.

Le regard d'Anthony s'est légèrement illuminé à l'évocation de son ami. Rémy a vraiment une bonne influence sur lui.

— Un bon petit déjeuner et on y va !

La porte de la cuisine s'ouvre subitement de façon presque théâtrale. Mumu apparaît avec un plateau de victuailles à faire pâlir Obélix. On pourrait y coucher un cochon de lait entier. Elle ne paraît pas gênée par son poids et le pose sur la table de la salle à manger. Radieuse, elle m'embrasse et en profite pour me glisser un mot doux à l'oreille.

— Tu commences à le mettre dans ta poche. Bientôt il mangera avec toi, même le soir.

Je l'étreins longuement. Ma tata au cœur d'or qui vient de passer une bonne heure à cuire des saucisses et des pommes de terre rôties. Elle qui ne devait pas se casser la tête pour le dîner, on dirait bien qu'elle s'est rattrapée avec le petit déjeuner. Incorrigible Mumu ! Incapable de rester tranquille.

Une heure plus tard, le gosier plein, nous rejoignons Rémy qui s'occupe d'une grosse marmite de pot-au-feu. En moins de deux, et avec la bénédiction de Mauricette, nous voilà partis pour la piscine.

Mes musiciens « nautiques » sur les talons, j'avance avec l'espoir de retrouver le jeune homme fringant et gai que j'ai été. Avant de présenter mes acolytes, je leur demande de patienter derrière la porte, le temps de préparer mes petits vieux.

Je rejoins mon groupe d'*Alti*[1] dans le bassin. Ils sont tous dans l'eau et papotent de façon presque fébrile. Le groupe est tellement absorbé dans sa discussion qu'il ne prête aucune attention à moi. Un peu à l'image de collégiens ignorant l'arrivée de leur prof et continuant à jacasser.

Je ne me permets pas de les arrêter. Ils sont survoltés. Louis est absent et au cœur de la discussion. Le pauvre vieux n'a pas eu de visite depuis plusieurs semaines, et la présence des sœurs Brontë ne suffit plus à soulager son chagrin.

— Cette tête de mule n'a pas quitté sa chambre depuis hier, se plaint Thérèse. Il reste prostré.

— Ses filles ne lui rendent aucune visite, ce sont des hyperactives, des femmes modernes, elles ont mille choses prévues, continue Mireille. Un « joggingue », du « *scartbokingue*[2] », du yoga ! On ne s'embêtait pas avec de telles sottises de notre temps. On veillait sur nos vieux. Au lieu de ça, les jeunes s'occupent, ils ont des… comment ils disent ? Des *lobbies* ?

---

1. « Petits vieux ». S'utilise de façon ironique et gentiment moqueuse. Se prononce « ölti ».
2. Traduire scrapbooking, sans rire de la prononciation de Mireille.

— Des hobbies, corrigé-je.

Ils se tournent et remarquent ma présence.

— Ah, tu étais là ? s'étonne maman qui était absorbée par la conversation.

— Je ne voulais pas vous déranger.

— *Jo Tü*[1] ! C'est surtout que tu nous espionnes. Après ça, raconte que les vieux passent leur temps à râler ! peste Bernadette qui pointe ses grosses lunettes à hublots dans ma direction.

Les autres approuvent d'un hochement de tête. L'ambiance est tendue ce matin, dire que j'étais venu dans l'idée de les dérider avec un peu de danse !

— Je ne suis pas là pour vous juger, vous avez le droit de bouder, c'est normal...

— « Bouder » ? me coupe Bernadette avec défi. Tu crois vraiment que nos soucis sont si insignifiants ? Laisse-moi rire un peu, tu ne connais pas les problèmes des vieux !

Ouh la ! Elle a du répondant la Bernadette. Elle qui paraissait si réservée lors de la première séance, la voilà bien partie pour être ma *Frach* du groupe. Si on m'avait demandé de m'occuper d'une classe de quatrième en collège, je suis sûr que j'aurais été confronté à moins d'insubordination. La petite mamie est dans une colère noire.

— Vous croyez tous qu'on est juste bon à vous casser les pieds en allant au supermarché aux heures de pointe. À ton avis, pourquoi on fait ça ? Parce qu'on s'emmer...

---

1. « Eh toi ! », se prononce « yo tu ».

— Ne dis pas de grossièretés, Bébé, lui susurre maman. Les gros mots te font de vilaines rides.

— Je me fiche de mes rides ! Ça fait déjà vingt ans que je vois une pomme flétrie dans mon miroir !

— Pourtant, c'est avec les pommes les plus mûres que l'on réalise les meilleures tartes…

Bernadette me jette un regard glacial. Il semblerait que mes comparaisons culinaires lui déplaisent.

— Je crois que tu ne vois pas où est le problème « jeune homme », me dit-elle avec hauteur. Louis est absent parce qu'il en a gros sur la patate, et nous aussi on en a gros, très gros…

Je m'assieds au bord de la piscine, les pieds dans l'eau, les mains sur les cuisses. J'essaie d'avoir l'air serein, mais voir le petit groupe aussi tendu me fend le cœur. Leurs regards ne sont pas agressifs, hormis celui de Bernadette qui ressemble de plus en plus à une chouette avec ses grosses lunettes. Une infinie tristesse se lit en eux.

— Vous savez, les jeunes ne vous jugent pas. Je crois surtout qu'ils ne vous comprennent pas.

— Ils nous comprendraient s'ils prenaient la peine de venir, rétorque Mireille sans animosité. On a besoin de contact, de voir des gens. Ceux qui vivent à l'extérieur sortent aux heures de pointe pour se frotter à la jeunesse. Nous, on nous a mis ici, et on a gentiment fermé à clé en espérant que tout se passerait pour le mieux…

— Faut dire qu'on n'est pas si mal. Le personnel est gentil, et la piscine nous revigore un peu, complète sa sœur, mais ça ne suffira pas à combler le manque. Nos enfants sont trop occupés à s'amuser sans nous, et nous, on s'ennuie !

— À s'amuser ou à s'ennuyer avec des réunions futiles, dit Gégé. Ma fille n'est pas venue la semaine dernière parce qu'elle avait une réunion sur les « dangers de l'exposition aux écrans chez les moins de trois ans ». Va falloir m'expliquer en quoi ça va être utile alors qu'il suffit d'éteindre sa télé et de venir ici pour occuper un gamin !

— Vous savez, les temps changent, les gens ont sans arrêt l'impression d'être débordés, de ne pas avoir une minute à eux. Je suis persuadé que votre famille ne se rend même pas compte du mal occasionné.

— Une belle génération d'*ovules bookés* ! grogne Mireille.

— *Overbookés*, corrige sa sœur en levant les yeux au ciel.

— Ovaire ou ovule, c'est le même combat ! peste Mireille. *Vortemi*[1] ! Quand nous étions jeunes, nous allions voir nos anciens. Maintenant, les jeunes passent leur temps à courir pour des futilités. Il faut absolument que leurs gamins fassent du sport, jouent d'un instrument de musique, suivent des cours de soutien. Ils doivent tout faire, tout réussir. C'est la foire à qui aura le gamin parfait. Je suis épuisée rien que de penser à l'emploi du temps de mes

---

1. Réduction de *Gott Vertomi*, juron utilisé par tout Alsacien un tant soit peu bougon. Se prononce « fertomi ».

petits-enfants. *Klemi !* Qu'ils les laissent respirer et nous tenir compagnie.

Je sens une profonde détresse chez mes petits vieux, et surtout, une immense frustration. Je crois que je réagirais de la même façon si j'étais à leur place. Ils ont raison. Notre époque perd les valeurs de partage transmises par nos aînés. Les familles sont centrées sur elles-mêmes, soudées par des angoisses collectives. Nous avons tous commis les mêmes erreurs. Vouloir le meilleur pour nos enfants, au point de les étouffer et de plier sous le poids des contraintes. Rien que d'y penser, j'ai envie de me flanquer une bonne paire de baffes. Être son propre punching-ball, serait-ce une bonne idée ?

— Je crois que j'ai une petite idée pour vous aider à vous sentir mieux...

— Laquelle ? demande maman dont les yeux pétillent d'intérêt.

— Une idée de maître-nageur.

Je sors de l'eau et file rejoindre Rémy et Anthony afin de leur expliquer mon plan.

— Rémy, va chercher Louis. Si tu as du mal à le tirer de son appartement, demande l'aide de Mauricette. Je ne connais pas de personne plus convaincante. Anthony, viens avec moi.

Et me voilà face à mes petits vieux, perplexes, qui regardent avec étonnement les frites multicolores que j'ai récupérées dans la réserve.

— Bernadette, la rouge est pour toi ! m'exclamé-je en la lui lançant.

La mamie l'attrape au vol en faisant la grimace.

— Hé, *Kind*[1] ! Depuis quand tu te permets de me tutoyer ?

— Je crois que vous êtes aussi gamine que moi, réponds-je en lui adressant un clin d'œil amical. Anthony, distribue les frites s'il te plaît, et veille à ce que chacun choisisse sa couleur préférée, je ne veux pas de frictions...

— On dirait que ton fils est devenu maboul, il nous prend pour des gnomes, dit Gégé à maman.

— Tu te trompes, il a tout compris, affirme-t-elle en prenant la frite tendue par son petit-fils. On a été de vrais gosses tout à l'heure, il se met à notre niveau.

Il est agréable d'avoir un soutien dans le groupe.

— Bon, passez votre frite dans votre dos en la casant sous vos aisselles, de cette façon. *Prima*[2], Gégé ! On dirait un déménageur. Avec de pareilles épaules, tu as dû en porter des pianos !

Gégé adresse un regard complice à maman tout en remuant ses pectoraux encore saillants. Franchement, le Gégé, on devine qu'il était fort comme un bœuf dans sa jeunesse, un vrai physique de bûcheron. Je comprends le béguin de maman, le gaillard n'a rien à voir avec la plupart des gringalets des Cigognes.

— Maintenant, balayez la surface de l'eau avec chaque extrémité de votre frite, en donnant un coup à gauche puis à droite. Un peu comme Rocky quand il s'entraîne avec de gros troncs d'arbres, vous voyez la scène ? Stallone a

1. « Gamin », se prononce «ként ».
2. « Bravo. »

la rage et veut démolir le Russe qui a une tête à angles droits ! Eh bien faites de même avec vos frites ! Changez-vous en Rocky et dézinguez tout ce qui vous énerve. *Hopla* ! Comme ça ! Un coup à gauche ! Vlan ! Pour ces sales mioches qui préfèrent traîner à Ikea plutôt que de boire un café aux Cigognes ! Bim ! On tourne sur la droite et on frappe la surface ! Cette fois, c'est pour la tête de nœud qui vous a offert un abonnement pour un magazine de tricot plutôt que de nous tenir la pelote et nous faire la conversation...

— Et bim ! Celle-là, elle est pour ma fille qui a annulé une visite pour s'épiler le maillot... au mois d'octobre ! s'exclame Bernadette. De mon temps, je me taillais l'arbuste toute seule !

Les autres agitent leur frite et suivent le mouvement. Frappant l'eau avec force, s'éclaboussant et riant en partageant des anecdotes à la fois tristes et cocasses sur leur solitude.

— Vlan ! Une petite pour mon *Oscarala* qui préférait se vautrer dans son canapé plutôt que de me passer un coup de fil.

Aïe ! Je ne l'avais pas vu venir. Je m'approche du bassin et m'incline devant maman qui en profite pour me donner un bon coup de frite sur la tête. Évidemment, les autres se joignent à elle et m'assènent des pichenettes en mousse mouillée.

— Si vous continuez, je vais vous priver de munitions !

Les « gosses » me répondent en levant fièrement leur boudin en mousse. J'ai l'impression d'être face à l'armée de *La Guerre des boutons* version troisième âge. Ils me font sourire.

136

En fait, ils me donnent la frite, et je crois que cet exercice les a bien requinqués, au point qu'ils continuent à le suivre en effectuant les figures imposées lors des consignes.

— Celle-là est pour mon fils qui a eu la bonne idée de m'apporter des chocolats au massepain ! Il a vraiment cru que j'avais des goûts de vieille pour manger de pareilles cochonneries ! s'exclame Mireille.

— Ils pensent tous qu'on adore le pain d'épice, le savon qui gratte et les mots croisés. Alors que… – vlan ! – on préfère un bon verre de pinot, un bouquin et des bretzels ! renchérit sa sœur qui s'acharne avec sa frite.

Cette fois on y est, les petits vieux rient en chœur et suivent la cadence du tam-tam. Un tam-tam qui est accompagné d'un deuxième. La porte s'est ouverte et Louis entre dans la pièce. Voir ses amis rire et s'éclabousser lui rend le sourire. Je m'approche et lui tends une frite.

— Prêt à vous déchaîner un peu ?

— Plus que jamais ! s'exclame Louis en sautant dans le bassin.

Les sœurs Brontë le rejoignent et l'invitent à s'amuser avec elles, tandis que Rémy et Anthony s'activent avec leur instrument. La musique et les rires résonnent si bien que de nombreux retraités nous retrouvent et tapent des mains en cadence.

— Félicitations, Oscar, vous savez motiver nos résidents.

J'ai un petit rire nerveux. Je ne m'attendais pas à ce qu'Iris, la directrice, vienne jusqu'ici.

Elle m'impressionne avec ses grandes guiboles. Je me sens comme un nain à côté d'elle.

— Il faut juste les écouter.

— Tout le monde ne fait pas cet effort. En tout cas, je ne regrette pas de vous avoir dans notre équipe.

Je hoche la tête pour la remercier tout en observant le groupe qui s'amuse dans l'eau. Iris n'a pas tort. Je me sens à l'aise avec ces gens. Je renoue avec le plaisir d'aller vers les autres. Et quelle joie de voir mes petits vieux rire aux éclats.

# 10

## L'école des sentiments

J'aime recevoir des jeunes. Certains penseront que je suis maso, ou cinglée, qu'il est impossible d'éprouver du plaisir à avoir des ados sous son toit qui jouent à la console et se gaussent devant des vidéos sur youTube, moi j'aime les voir rire et s'amuser, même face à un écran. C'est mieux que rien. Il faut vivre avec son temps, et accepter de nouveaux amusements.

J'apprécie leur présence, leur insouciance et leur candeur. Les entendre chuchoter et rire, se glisser des mots inaudibles dans le creux de l'oreille. Des mots que Camille ne semble pas comprendre.

Ma fille a beau être l'aînée, elle n'en reste pas moins une enfant. Une gamine qui ignore tout des émois du cœur et que j'écoute attentivement pendant qu'elle donne une leçon de français à Rémy.

Cela fait plusieurs mois qu'elle a endossé le rôle de prof à domicile. Elle lui apprend à améliorer son français et Rémy lui transmet son amour pour la musique. J'aime leur complicité et cet esprit de partage, et je prolonge ces moments en clôturant chaque séance par un repas convivial avec Mumu et Anthony. Ce dernier ne rate aucun rendez-vous.

Je souris à l'idée de le voir se régaler avec le délicieux coq au riesling que je suis en train de mitonner. Le parfum de la sauce aux champignons et des *Hartäpfelkiechla*[1] grillées au beurre embaume la pièce.

Cuisiner me détend. J'aime écouter la musique d'une marmite sur le feu. Même après une dure journée de travail, j'apprécie le moment où je retrouve les couleurs vives des légumes et le goût d'un bon verre de vin.

Il reste trente minutes de cours. J'ai largement le temps de me détendre. J'en profite pour me déguster mon petit pinot tout en tendant l'oreille. De là, j'entends à peine ma fille. Son petit rire étouffé, tout comme celui de Rémy, m'indiquent que la séance a pris une direction moins sérieuse. N'importe quelle mère aurait demandé que la porte reste ouverte pour les dissuader de trop se rapprocher. Je ne suis pas comme ça. J'agis de façon plus sournoise en jouant à la maman cool.

Le fait de les savoir tous les deux sous mon toit me laisse le contrôle de la situation. Je sais que

---

1. « Galettes de pommes de terre ».

je pourrais surgir dans la chambre de Camille et réclamer un coup de pouce si je percevais quelque chose de dérangeant.

J'ai confiance en elle, mais c'est au-dessus de mes forces, quand un garçon vient chez nous je deviens parano.

J'étais du genre bonne élève moi aussi, candide et sage, cela ne m'a pas empêchée de sortir avec le mauvais garçon du lycée. Enceinte à dix-sept ans, sans travail, sans diplôme je me suis coltinée un copain porté sur l'alcool et amoureux de sa minable bécane. Parce que sans cette saleté de Yamaha – je ne sais plus le cylindre et je m'en tamponne aujourd'hui –, je ne serais certainement pas sortie avec cet abruti. J'étais trop naïve, trop influençable. La suite, on la connaît tous. La solitude, les jugements qui isolent. La famille qui me met à la porte. L'école qui ne me soutient pas. Le copain qui se fait la malle dès la deuxième grossesse. Les petits boulots. Le premier appartement. Les Restos du cœur. La rencontre avec Mumu au marché du coin. Et enfin, le rebond ! Sans Mumu, je ne serais pas là aujourd'hui et je sais que tout le monde n'a pas la chance de tomber sur la bonne personne au bon moment. Et mes filles, qui sera là pour elles sinon moi ? Qui veillera à ce qu'elles restent dans le droit chemin ? Qui essuiera leurs larmes quand un idiot réduira leur cœur en miettes ? Non, je ne peux pas accepter de demeurer inactive. Ce serait contre mes principes.

Crispée, je m'approche un peu plus. Tant que je les entends rire, tout va bien. Le pire serait le silence. Un silence pour camoufler des... Bon sang ! Je n'entends plus rien avec ma marmite qui siffle. Les joues en feu, je traverse la cuisine et tombe nez à nez avec Lucie qui me dévisage d'un air moqueur.

— Qu'est-ce qui t'arrive mam's ? T'as l'air d'un agent du KGB. Tu ne voudrais pas ennuyer Rémy et Camille ?

— Elle t'a dit de faire le guet, pour que je les laisse tranquilles ? Tu es complice ?

Lucie roule des yeux avant d'éclater de rire.

— Je ne vois pas ce qu'il y a de drôle ! Elle est assez grande pour sortir avec un garçon et...

Lucie met un doigt sur ses lèvres pour m'obliger à me taire et me fait signe de retourner dans la cuisine. Je suis surprise qu'elle prenne autant de précautions afin de préserver l'intimité de sa sœur.

— Suis-moi et ne te prends pas le chou, il ne se passe rien entre eux.

— Ce n'est pas l'impression qu'ils donnent avec leurs messes basses, chuchoté-je en rejoignant la cuisine.

Lucie paraît sur le point d'avoir une crise de fou rire.

— Tu es vraiment à côté de la plaque, et pas qu'un peu !

— Quoi ? Rémy n'est pas son genre de garçon ? Pourtant ils passent un temps fou ensemble, et ils ont l'air complices. Mine de rien, j'ai plutôt confiance en lui, il est droit, serviable, gentil... Il m'est juste difficile d'imaginer ma Camille avec quelqu'un.

Elle se hisse sur le plan de travail et chipe un morceau de *Hartäpfelkiechla* qui n'a pas eu le temps de refroidir.

— Là, tu as raison, Rémy a tout pour plaire, mais il est évident qu'il sort déjà avec une autre personne.

— Ne me dis pas qu'il est avec toi ?

Elle se moque de plus belle. Certainement parce que je suis assez stupide pour l'imaginer avec un petit copain, et pas sa sœur qui a un an et demi de plus. Il ne faut pas chercher de logique au comportement d'une mère. Camille est encore mon bébé, et Lucie est bien plus adulte dans ses relations affectives avec les garçons.

— Ne te moque pas ! Camille est trop jeune encore, sans oublier que Rémy est majeur et...

— Rémy sort avec Anthony, coupe-t-elle. Camille l'a aidé à écrire des lettres pour lui dire ce qu'il ressentait. *A priori*, c'était inutile, car Anthony éprouvait déjà des sentiments pour lui.

À mon tour de rire aux larmes tant je me sens ridicule. Moi qui pensais si bien comprendre les jeunes. Me voilà totalement dépassée par cette découverte, et encore plus par ma naïveté. Tout s'est passé sous mon toit sans que je remarque quoi que ce soit. Pourtant, j'avais bien noté une belle connivence entre Anthony et Rémy. Ne serait-ce que leur passion commune pour la musique. Je me souviens avoir été touchée par la façon dont Rémy avait étreint Anthony après ses retrouvailles avec son père. Ce geste m'avait paru d'une incroyable tendresse. Comment n'ai-je pas compris à ce moment-là ?

L'idée qu'ils soient en couple m'apaise. Bien que Rémy soit un jeune homme tout à fait charmant, j'avais du mal à l'imaginer avec une de mes filles. Ce gaillard cabossé par la vie, immigré, sans racines, avait besoin de quelqu'un de robuste, mais aussi fragile que lui pour comprendre ses blessures et les soigner. Anthony est parfait pour lui. Deux jeunes rompus par les épreuves de la vie et réunis grâce à mes filles.

Je m'essuie les yeux, émue de découvrir un si joli couple uni par les mots de Camille. Ma fille devenue entremetteuse et scribouilleuse de mots doux. Je n'en reviens pas.

— Cela fait combien de temps ?

— Quelques mois, répond Lucie évasive. Je crois que Rémy a surtout demandé des cours pour se rapprocher d'Anthony. Rien à voir avec une réelle volonté d'améliorer son niveau... Quoique ! L'amour lui aura permis d'apprendre vite et bien.

— Cela peut être une source de motivation...

— Tu ne dirais pas ça s'il s'agissait de moi ou de Camille, rétorque-t-elle avec une pointe d'aigreur. Tu passes ton temps à nous rappeler qu'il faut rester concentrées sur nos études. Je suis sûre que le jour où j'aurai quelqu'un, tu me casseras les pieds pour que je sois encore plus studieuse.

— Aucun rapport. Rémy a besoin de soutien pour ses études. Vous, vous êtes de bonnes élèves. Un chéri pourrait détourner votre attention...

— Pourtant, Camille continue à avoir d'excellentes notes.

J'ai l'impression de prendre un uppercut. Lucie a croisé les bras sur sa poitrine et me fixe l'air sévère.

— Tu ne peux pas tout contrôler maman. Camille sort avec un garçon depuis quelques mois. Ce n'est pas vraiment sérieux, je ne suis même pas sûre qu'elle soit amoureuse, mais c'est la vie, et elle gère plutôt bien la situation.

Un peu sonnée, je m'appuie au plan de travail et reprends lentement mon souffle. Je n'arrive pas à articuler un mot. Savoir que Camille fréquente quelqu'un en douce me renvoie à mon adolescence.

— Maman, ressaisis-toi, il n'y a pas mort d'homme.

— Tu ne sais pas comme j'aurais aimé retarder cet instant. J'avais son âge quand je suis tombée enceinte. Même une fille sérieuse peut partir en vrille quand elle a le béguin.

— Pas toutes les filles, et surtout pas Camille. S'il y a bien quelqu'un en qui tu peux avoir confiance...

— Là n'est pas le sujet, c'est en son copain que je n'ai pas confiance. Pas besoin que je le rencontre pour me faire un avis. Je sais ce à quoi pensent les jeunes de cet âge !

— Là est « tout » le sujet, répond Lucie avec défi. Tu es morte de trouille à l'idée que l'on fasse les mêmes conneries que toi. On a compris la leçon. Tu es tombée amoureuse du mauvais type, tu as lâché tes études, tu aurais pu entrer dans un hôtel prestigieux et devenir cheffe, sauf que tu as tout abandonné pour partir avec lui sur sa bécane. On connaît l'histoire... et on se passera d'agir de la même façon.

Maudite Lucie ! J'ai l'impression que les rôles sont inversés. Me voilà devenue une gamine. Et Lucie endosse le rôle de la mère moralisatrice. Rôle qu'elle campe à la perfection. Sale gosse !

— Ne blâme pas Camille pour tes propres erreurs, et laisse-la venir vers toi. Tu peux être sûre qu'elle suit tes conseils.

— J'aurais préféré que vous preniez vos distances avec les garçons.

— Tu sais très bien que ce sont des choses incontrôlables. Tu ne nous empêcheras pas de tomber amoureuses, et même d'agir bêtement. D'ailleurs, c'est ton rôle de nous consoler et de recoudre nos cœurs, non ?

Elle tend les bras vers moi pour que je m'y blottisse. *Jesus Gott*[1] ! Je l'aime tant ma petite *Frach* ! Je ne me fais pas prier et l'étreins de toutes mes forces. Ma Lucie, sa force de caractère, son cynisme, sa révolte, j'embrasse tout ce qu'elle est, serrant contre mon cœur mon bébé devenu une sublime jeune femme.

— Je t'aime, ma puce.

— Je suis ravie de l'entendre.

— Si tu me laissais en placer une, ce serait plus facile à dire.

— J'admets que je ne t'accorde aucun répit ! s'exclame-t-elle en descendant de son perchoir.

_____
1. Littéralement « Jésus Dieu », soit « nom de Dieu ».

Elle se rapproche du petit couloir et tend l'oreille. Rémy et Camille parlent un peu plus fort à présent. Le cours est sur le point de s'achever. Lucie se retourne vers moi, l'air sérieux.

— Mam's, essaie de te ménager et garde ma confidence. J'ai préféré te mettre au parfum pour t'éviter de tomber dans les pommes le jour où tu croiseras le mec de Camille…

Et vlan ! La douche froide. Lucie a l'art de me faire passer par toutes les émotions. En plus, elle a raison ! Mon radar à petits copains est activé. Mon cœur bat à tout rompre. Me voilà à nouveau aussi glaciale qu'un agent du KGB s'apprêtant à torturer un malheureux témoin.

— Si ce garçon fait un pas de travers…

— On l'attache à une chaise et on le torture à tour de rôle, je suis bien d'accord ! s'esclaffe Lucie.

Je l'enlace de toutes mes forces. Que j'aime ma fille. Si exubérante et intelligente. Je ne sais pas ce que je ferais sans elle.

— Tu sais très bien que j'ai raison ! s'exclame Camille en sortant brusquement de sa chambre.

Je crois que j'étais tellement absorbée dans mes pensées que mon cœur a eu un raté en entendant la voix de ma fille. Superbe avec ses cheveux remontés en queue-de-cheval, elle apparaît dans la cuisine vêtue d'un jean taille haute et d'un chemisier blanc. Elle a l'allure d'une gentille fille, rien ne laisse présager qu'elle serait capable de mettre son avenir en péril. Rémy, très à l'aise, s'est déjà installé aux fourneaux pour flairer les effluves de la marmite sur le feu.

— Tu aurais raison à quel sujet ? demandé-je.

— Sujet privé, répond Camille.

— Il faudrait éviter de vociférer si tu veux éviter que l'on te pose des questions.

— Mais il m'agace !

Rémy se tourne brusquement vers elle pour lui intimer de se taire. Au même instant, on sonne à la porte. Au regard de Camille, je comprends que le sujet du conflit se trouve juste devant chez nous. D'ailleurs, il ne se gêne pas pour entrer après avoir toqué discrètement. Anthony nous rejoint avec un grand sourire aux lèvres.

— Oh purée, Momo ! Je parie que tu as préparé un coq au vin ! Papa va être fou de joie !

Il jette sa veste sur un tabouret de bar puis me colle un gros *Schmoutz* sur la joue.

— Papa adore ce plat.

— J'en suis ravie.

Je le serre dans mes bras avant d'ébouriffer sa tignasse. J'aime ce gosse. Encore plus aujourd'hui. Il a l'air si heureux, enfin épanoui. L'amour d'un père retrouvé et l'amour sincère et partagé sont deux précieux trésors. Il me suffit de voir la façon dont Anthony et Rémy s'observent pour saisir la douceur de leurs sentiments réciproques.

La porte s'ouvre à nouveau.

— *Jesus Gott*[1], ça sent merveilleusement bon ! s'exclame Mumu qui vient m'enlacer.

L'adorable propriétaire des lieux en profite pour me gratifier de deux énormes *Schmoutz*

1. « Mon Dieu ».

sur les joues. Des bisous qui claquent et qui pétillent. Le type de baiser que l'on réserve aux petits enfants et qui me ramène à de tendres souvenirs.

— Bonjour Mumu, tu as l'air de bonne humeur.

— J'ai mis une raclée à Gégé au rami, je suis partie des Cigognes la tête haute !

— Je savais que tu finirais par y passer du bon temps.

Mumu hausse les épaules et affiche une moue désapprobatrice.

— Si je lui mets une déculottée tous les deux jours, peut-être que le Gégé se lassera et laissera Zette revenir...

— Tu ne lâches rien à ce que je vois.

— Zette cédera, elle reviendra ! s'exclame-t-elle avec assurance.

— À moins que ce ne soit toi qui t'habitues à tes nouveaux amis.

Mumu me tire malicieusement la langue.

— Et si on préparait l'apéro ? Histoire de se mettre à l'aise ? propose-t-elle, ayant déjà ouvert le paquet de bretzels qui se trouvait sur le plan de travail.

— Bonne idée, ma Mumu !

Les garçons ne se font pas prier et se ruent dans le salon pour chercher des verres et de quoi se sustenter. Les filles, en retrait, se jaugent pendant un moment. J'ose à peine les approcher. Lucie tente de faire céder Camille afin de lui extorquer des informations concernant son petit conflit avec Rémy.

— Camille, Lucie, ne restez pas les bras croisés et remplissez quelques ramequins avec des snacks. Oscar ne va pas tarder...

— Tout le problème est là, soupire Camille en tournant les talons.

Elle passe par le salon et rejoint Rémy pour lui glisser un mot à l'oreille. Mot que Lucie me restitue aussitôt.

— Ne dis rien à son père, les parents gâchent tout.

Je crois que je n'ai jamais autant détesté le fait que Lucie sache lire sur les lèvres. Je viens de recevoir un coup de poignard en pleine poitrine, comme si les mots de Camille m'étaient destinés. Il est évident qu'elle craint qu'Oscar n'accepte pas la relation de son fils avec mon commis, mais qu'en est-il de moi ? Serais-je enthousiaste si Camille ramenait son petit ami à la maison ? Le torrent d'angoisses par lequel je suis passée la dernière demi-heure me confirme le contraire, et alors que la sonnette retentit à nouveau, j'enfile un masque de joie pour ouvrir à Oscar.

# 11

# Brasse magique

8 heures du matin. La plupart des retraités se retrouvent au réfectoire pour déguster un petit déjeuner préparé par Rémy. En tant que bénévole, j'ai demandé à venir de bonne heure. Je suis plutôt matinale, j'apprécie le moment où le parfum du café et des tartines flotte dans la maison de retraite.

Ma mission ? Toquer à la porte des petits appartements pour proposer un journal, annoncer la météo du jour ou apporter un plateau-repas. Parfois, certains demandent que je reste avec eux et nous parlons des choses de la vie. En m'attirant ici, maman m'a ouvert à de nouveaux horizons. Passer du temps avec des personnes âgées me procure une agréable sérénité. Elles sont patientes, attentives et très contemplatives. De la fenêtre du modeste salon de Bernadette, mon élève que je surnomme « petite chouette » à cause de ses lunettes épaisses, nous avons une vue superbe sur le parc et le pommier où une mésange a fait son nid. Chaque matin, je la rejoins pour regarder la mère chercher à manger pour ses petits. Aujourd'hui, j'ai apporté une boule de graisse avec des graines que j'ai accrochée au volet de Bernadette, ainsi elle pourra mieux observer le gracieux oiseau.

En sortant, j'éprouve une profonde satisfaction. Le bénévolat est tellement gratifiant. Je ne pensais pas m'intégrer aussi vite et facilement. Il est certain que les pensionnaires attendaient l'arrivée d'une personne pour leur tenir compagnie. Moi qui ai vécu presque seul, je découvre la joie d'être entouré.

— Pssst ! Oscar !

Je reconnais la voix de Mireille et ris intérieurement en apercevant sa mine de chocolat-addicte. Vêtue d'un élégant kimono noir, elle se tient devant la porte entrouverte de son logement. Bien qu'il soit tôt, son chignon est impeccable. Coquette, elle a pris soin d'ajouter du fard à paupières et une touche de rouge sur ses lèvres. Un vrai personnage de roman, cette Mireille.

— Bonjour, bien dormi ?

— Pas si fort, chuchote-t-elle. Thérèse finit son brushing, elle n'en a plus pour longtemps. Dis-moi, tu « en as » sur toi ?

Elle désigne mes poches pour s'assurer que je suis bien venu avec la « marchandise ».

En ma qualité de fournisseur de friandises, je m'approche lentement en vérifiant mes arrières. Si Louis me surprend en train de dealer du chocolat, je suis fichu ! La dernière fois, il a vendu la mèche et j'ai été obligé de courir à la supérette du coin pour acheter des oursons à la guimauve. Cet étonnant trio a une sérieuse dépendance au sucre et Mireille doit cacher ses confiseries si elle ne veut pas se les faire voler.

— Tiens, voilà pour toi.

Je lui glisse quelques sachets de thé dans la poche de sa robe de chambre.

— C'est bien du earl grey ? me demande-t-elle, un peu fébrile.

Je me mords les lèvres pour ne pas rire. J'ai été obligé de trouver des subterfuges pour planquer le chocolat de mes « clients ». Des carreaux aux raisins secs dans des boîtes de mouchoir, des caramels dans des boîtes de dentifrice, autant de petites cachettes pour assouvir la gourmandise des résidents.

— Oui, j'ai ce qu'il faut. Thérèse déteste le thé anglais, n'est-ce pas ?

— Elle ne boit que du café noir, c'est plus glamour.

Je souris. Les Brontë sont incroyables. On les croirait sorties d'un film des années cinquante ou d'une nouvelle d'Edgar Allan Poe. Ce sont des créatures gracieuses, un peu froides mais avec un bon fond.

— Merci, dit-elle en cachant le chocolat dans ses poches. Je serais bien tentée d'en manger tout de suite, mais Thérèse flaire l'odeur du chocolat comme un chien de la douane !

— Garde-le pour plus tard, c'est ton petit plaisir. J'ai pris du chocolat au raisin.

— Toi, tu connais mon point faible. Les gens n'ont aucune considération pour le chocolat au raisin, pourtant c'est aussi goûteux qu'un verre de vin.

Je quitte Mireille avant que sa sœur ne remarque ma présence.

Direction la piscine. D'un pas alerte, j'entre dans mon domaine. La lumière étant éteinte, je glisse dans le pédiluve et trempe le bas de mon pantalon. Je n'ai pas les yeux en face des trous ce matin. Un bon plongeon me fera du bien. Je me dirige donc vers mon bureau pour me changer.

— Vous avez l'air fatigué, Oscar, constate Iris tandis que je retire mon débardeur en bâillant.

Je sursaute et patine sur le sol humide. Iris me rattrape par le coude.

— Merci, madame la directrice. Quelqu'un est certainement passé dans le bureau avec ses claquettes mouillées...

— Il me semble que c'est vous ! s'exclame-t-elle en désignant mes propres tongs. Vous êtes dans le gaz ce matin.

— Je suis navré que vous me voyiez ainsi.

— Il n'y a pas de mal ! Vous pouvez m'appeler Iris, vous êtes bien le seul à me donner du « madame la directrice », mon Dieu que c'est pompeux !

— Comme vous voulez, Iris. J'ai veillé tard. Momo a préparé un coq au vin et la soirée s'est terminée à pas d'heure.

Plus je parle, plus je me rends compte que je dois perdre en crédibilité, or Iris m'observe sans se défaire de son sourire.

154

— Ne soyez pas mal à l'aise. Vous avez une vie privée comme nous tous, et puis les résidents ont besoin d'un personnel de bonne humeur. Vous avez changé depuis le jour de votre arrivée, vous êtes plus affable. Ces petites soirées vous font du bien.

— Être opérationnel ne serait pas mal non plus.

Je prends mon thermos de café et me sers une tasse fumante. De quoi me requinquer avant de retrouver le groupe qui va bientôt investir la piscine. Iris s'assied sur mon bureau en croisant les jambes.

— Vous souhaitiez me dire quelque chose ?

— J'ai pu remarquer que des personnes extérieures à l'établissement vous accompagnaient lors de vos cours. Je viens tout juste de croiser Anthony et Rémy que vous avez invités à animer le cours de ce matin.

— C'est exact.

— Si Anthony veut être bénévole, il faut qu'il signe une décharge. Il venait de temps en temps jouer de la musique pour sa grand-mère, mais ça a pris trop d'ampleur depuis qu'il participe à vos séances de gym. Il ne peut pas aller et venir de cette façon ; d'autant plus qu'il passe énormément de temps en cuisine avec son ami Rémy. S'il arrive quoi que ce soit, je serai responsable. Il s'agit de votre fils et nous apprécions sa présence parmi nous, mais il faut faire les choses dans les règles.

— Soyez tranquille, je vais m'en occuper.

Iris, qui avait posé les documents sur le bureau, me les désigne en souriant.

— Anthony est le bienvenu. Il apporte un peu de fraîcheur à notre maison. Ça fait du bien de voir des jeunes amoureux. Je ne vais pas vous retenir plus longtemps, vos élèves vous attendent !

Ses paroles semblent mettre un temps infini à se frayer un chemin dans mon cerveau.

Hier encore, Momo m'a parlé de ses filles et du fait qu'elle peinait à couper le cordon et à accepter qu'elles aient un petit copain. Comme à l'accoutumée, la soirée s'est passée dans la douceur et la bienveillance. Loin d'être moralisatrice, Momo voulait que je réfléchisse à l'avenir sentimental de mon fils. Je ne me suis pas attardé sur le sujet, pensant qu'il s'agissait d'une discussion anodine. Je comprends tout à coup qu'elle cherchait plutôt à m'ouvrir les yeux. La vérité me frappe de plein fouet. Anthony a quelqu'un dans sa vie, et je connais cette personne.

Iris tourne les talons en m'adressant un petit salut de la main, me laissant seul dans mes pensées. « Des jeunes amoureux », cela se voit tant ? Mon fils amoureux. Et il ne m'a rien dit. Je n'étais pas prêt. Non pas que je sois surpris par la situation, mais plutôt parce que je suis blessé de constater que mon fils a préféré garder cette relation secrète.

Je ne sais pas par quel bout je dois prendre cette révélation. La peur me noue la gorge. Si Anthony ne m'a rien dit, il doit certainement redouter

156

ma réaction. Parce qu'il aime un homme. Au fond, que pense-t-il de moi ? Craint-il que je le rejette ? Que je sois assez stupide pour juger ce qui n'est pas condamnable ?

Aller vers lui n'est pas la solution. Je le brusquerais, je mettrais les pieds dans le plat. La patience sera de mise. Attendre, le couver du regard, lui montrer mon affection, le mettre en confiance. Je ferai tout pour qu'il vienne naturellement partager sa joie.

En parlant de venir vers moi, j'entends les djembés qui retentissent jusqu'ici. Anthony et Rémy ont suivi mes instructions et invitent les pensionnaires à les suivre.

Je sors de mon bureau-vestiaire et découvre les quelques élèves qui battent des mains en chantant gaiement :

— Il tape sur son tam-tam et réveille ses copains !

La petite chanson que nous avons composée hier sur l'air d'« Il tape sur des bambous[1] » motive les participants qui accompagnent joyeusement Anthony et Rémy. Pendant que nous dégustions le merveilleux nougat glacé de Momo, Anthony a suggéré de la créer pour motiver mes élèves. En un rien de temps, la chanson était bouclée. Je suis fier de mon fils. Je connais peu de jeunes qui s'investiraient autant dans du bénévolat. Surtout pour passer du temps avec des gens qui ont quatre fois leur âge. Il n'a pas l'air gêné pour

---

1. Interprétée par Philippe Lavil, paroles et musique de Didier Barbelivien et Michel Héron, 1982.

autant, au contraire, il est ravi de jouer les pitres et de les faire rire en parodiant les paroles à la sauce maison de retraite.

— Ils vont tous à la piscine et ça va ça vient ! chante-t-il à tue-tête.

D'un geste, je propose à mes élèves d'entrer dans le petit bain. Vu le déhanché de Gégé et de ses amis, ce matin, l'aquagym sera rythmée. Et voilà Mireille qui tend les bras telle une danseuse classique. Les étirements habituels sont fluides et souples. Je constate avec satisfaction que mes élèves sont plus alertes.

Les exercices que je leur propose depuis plusieurs semaines les ont remis en forme. Un peu trop même. Il y a une drôle d'électricité dans l'air. Serait-ce la nouvelle « maladie » des Cigognes ? Une pandémie d'amour apportée par Anthony et Rémy ?

La façon dont Gégé tripote l'épaule de maman me rappelle des flirts adolescents. J'apprécie de les voir ensemble. Maman est radieuse et incontestablement amoureuse. Les couples se forment dans l'eau, et leurs regards brillants expriment des désirs que je ne pensais plus percevoir chez des personnes de cet âge. Un peu à contre-cœur, je dois séparer Louis et Mireille qui se collent comme des gamins de quatorze ans. Le petit groupe a changé. Je vois bien des septuagénaires et des octogénaires devant moi, cependant leur attitude n'est plus la même. L'eau les libère de leurs rhumatismes et de toutes contraintes physiques. Lever les bras, bouger, tout est plus facile et permet de ranimer les muscles atrophiés par des années d'abstinence sportive.

J'ai l'impression d'observer des arbres centenaires ranimés par une floraison soudaine et vivifiante. Leurs branches sont encore encombrées de nœuds, certaines ne portent plus de feuilles, mais elles tiennent bon malgré les intempéries. Cette jeunesse retrouvée est le fruit de ma collaboration avec Rémy et Anthony. Ils savent galvaniser les retraités, et moi de même.

J'enfile quelques cerceaux à mes poignets et entre dans le bassin. Je pourrais simplement marcher dans l'eau pour les déposer, mais la musique me donne envie de bouger, d'aller plus vite. Je plonge la tête et pars en brasse coulée.

Sous l'eau, le chant des djembés est adouci, ainsi que les battements de mon propre cœur. Je peux entendre les petits vieux chanter et taper des mains en suivant la cadence. Je dois reconnaître que mon fils a un talent fou pour transmettre des émotions en jouant. C'est un moment incroyablement doux. J'ai envie de rester sous l'eau encore un instant, juste à les écouter s'amuser. Et puis, avant que je ne sorte, un ballet d'anciens saute à l'eau et me rejoint en rythme.

Je remonte à la surface. Tous nagent dans ma direction, suivant Rémy qui joue et les pousse à venir me retrouver. La mélodie a envahi leur corps et le mien. Cet effet presque magique leur confère une vigueur oubliée. Leurs gestes sont imparfaits, maladroits, certains prennent de grandes inspirations pour se donner la force d'avancer, mais ils ont tous l'air ravis de se sentir vivants.

Leurs muscles affaiblis fendent l'eau. La chanson leur dicte comment avancer, comment ne faire qu'un avec les sonorités qui transcendent leur corps. C'est un virus qui se transmet de façon rapide et irrémédiable. Tous l'ont attrapé. Tous présentent les mêmes signes. L'œil vif, le sourire aux lèvres et une volonté insatiable d'avancer. Cette envie de se mettre à l'eau, d'oublier ses faiblesses et de simplement s'amuser en dansant et en chantant, ce sont les musiciens qui la leur ont transmise... et peut-être un soupçon de magie.

— Tu ne t'y attendais pas ? me nargue maman en arrivant à ma hauteur.

— Pour des petits vieux rouillés, vous vous en sortez merveilleusement bien, bravo à tous.

Les six retraités m'encerclent. Ravis, un peu essoufflés.

— Si tu nous avais vus il y a deux mois, jamais on n'aurait fait pareille folie, explique Bernadette tout en ajustant son bonnet à fleurs.

— Je peux savoir quelle mouche vous a piqués ? Surtout que je ne vous avais pas demandé de me suivre...

Gégé éclate de rire en désignant Rémy.

— Il faut dire que le petit commis joue très bien. Ça nous remue les guiboles, cette affaire-là ! Un peu comme une bonne maladie !

— Le syndrome du djembé magique, complète maman en souriant.

Mes impressions se confirment. Un syndrome. Voilà le mot que je cherchais. Il ne s'agit pas de magie. Plutôt d'une combinaison de facteurs entraînant un état d'ivresse généralisé. Un état provoqué uniquement par la musique et le contact vivifiant de l'eau.

— Non, corrige Thérèse un peu rêveuse, je l'appellerais plutôt le syndrome de la brasse coulée. Oscar, nous t'avons tous observé avec envie. Tes mouvements s'accordaient au rythme de la musique. Corps, eau, djembé. Tout était harmonisé. Et nous, nous ne pouvions y assister sans bouger. C'était hypnotique et tentant. Tu comprends, Oscar ? Au départ, tu ne voulais pas nager, pas vrai ? Tu devais juste poser tes cerceaux et pourtant tu as plongé...

— Parce qu'il était envoûté ! complète sa sœur en riant. Ça me rappelle l'époque où nous étions danseuses étoiles. La danse n'est rien sans la mélodie. Je crois qu'aujourd'hui, nous avons vécu une expérience artistique. Une sorte d'envoûtement.

Mireille m'émeut. J'ignorais son passé de danseuse. Je comprends mieux d'où les sœurs Brontë tiennent leur grâce et leur addiction pour le sucre, car elles s'en sont certainement privées durant leur carrière.

Quelque chose de fantastique les a touchés. Les vibrations, l'eau, la joie qui s'emparait de tout le petit groupe, chaque détail a participé à ce prodigieux élan de vie. Je suis le plus jeune, pourtant je me sens vivifié, envahi par une force qui m'avait quitté.

— J'ai également été transporté. J'ai demandé à Rémy et Anthony de jouer pour vous aider à vous dépasser. J'avoue que je ne pensais pas remporter un tel succès.

— Ta réaction nous a motivés. Tu ne sais donc pas que tout le monde connaît ta notoriété ? souligne maman. Ils attendaient tous de te voir nager. Tu as gagné tant de compétitions, pour eux tu es une attraction ! Ta performance combinée à la chanson donnait un mélange totalement transcendant.

— Le genre de chose qui n'arrive pas souvent à des *Alti* !

— Il faut avouer que nous avons rarement l'occasion de nous amuser autant, souligne Bernadette.

La petite rebelle des premiers jours s'est bien adoucie, surtout grâce à mes visites matinales. Bernadette et ses hublots, la plus chouette des mamies aux allures d'oiseau de nuit.

— Alors, vous avez bien plus besoin de vous amuser que de nager ?

— Tout à fait, répond maman en opinant du chef. Tu as travaillé avec des enfants pendant des années, tu regorgeais de bonnes idées pour animer tes cours, continue d'agir ainsi avec nous.

— Parce que vous êtes de grands enfants ?

— Voilà ! s'exclame le petit groupe en m'éclaboussant.

Du chocolat, de la musique, un peu de danse, tels sont les ingrédients pour redonner le sourire à un joyeux groupe. Un parfum de fraise flotte dans l'air. Mauricette doit concocter un coulis pour accompagner le dessert de ce midi. Tarte

162

au fromage blanc au menu ! Un régal alsacien que Mauricette prépare avec amour. Cette douce fragrance sucrée éveille en moi des souvenirs de barbe à papa et de fête foraine. Nougat, pommes d'amour, glaces et manèges. Clowns, danses et cotillons, tout un concentré de joie sucrée à déguster en s'amusant. Ça y est ! Momo a encore usé de son *Kocheleffel*[1] magique et m'a inspiré de nouvelles idées.

— *Kind !* Qu'est-ce qui te fait sourire bêtement ? m'interpelle Bernadette.

— Je crois avoir trouvé le moyen de vous amuser.

---

1. Littéralement « cuillère à cuisiner », se prononce « kora-lèfel », utilisé pour dire cuillère en bois.

# 12

## « Allô, maman Momo »

— Tu ne vas pas me punir pour si peu ! hurle Camille.

On y est. Camille pique sa crise. Le truc qui arrive une fois tous les mille ans. Ce coup-ci, elle est sacrément corsée. Et pas légitime en plus. La petite fille parfaite a troqué ses bonnes manières contre un air *Frach* qui me hérisse le poil.

— Pas de sortie jusqu'à nouvel ordre. Tu imagines ma gêne ? Le proviseur m'a appelée en personne pour me dire que... tu...

Je n'arrive pas à finir ma phrase tellement je suis en colère. Camille met ses mains sur les hanches avec défi.

— Bah dis-le, c'est pas si dramatique !

Je la fusille du regard, prends son carnet de liaison, signe les heures de colle qu'elle s'est prises la veille pour « comportement inapproprié dans l'enceinte de l'établissement » et le lui envoie en pleine poitrine. Elle le rattrape de justesse en faisant la moue.

— Arrête maman, ta réaction est excessive.

— Tu ne vas pas me faire la morale, tu as agi n'importe comment, pas moi !

Ma réplique est totalement puérile. Je le vois dans le regard de Camille, et plus encore dans celui de Lucie qui a quitté son smartphone des yeux. *Jesus Gott !* Si elle se mêle à la conversation, je vais exploser.

— Franchement mam's, tout le monde passe par là. Tu ne peux pas lui en vouloir parce qu'elle se galochait dans les vestiaires avec son copain !

— Retourne dans ta chambre ! Cette conversation ne te concerne pas.

— Je préfère y participer avant que ce soit à mon tour de passer à la casserole !

— « Passer à la casserole » ? Parce que tu as également un chéri ? Vous avez décidé de me tuer !

— Mais non, je parle de *ta* casserole. Tu mijotes Camille à petit feu depuis une heure, je crois qu'elle a compris la leçon. Je te connais, le jour où tu apprendras que je suis en couple, tu me ficheras aussi dans cette foutue marmite. Et *Hopla* ! Vas-y que je te tourne sur le feu, un petit coup de *Kocheleffel* sur le cul pour me punir d'être trop audacieuse, un coup d'écumoire sur la tête pour me ramener à la raison ! Et pour finir, une bonne lampée de pinard histoire de noyer le poisson, et on oublie tout ! Fais donc un câlin à Camille, tu ne supportes pas d'être longtemps énervée.

166

Je reste totalement muette. Refroidie par le bon sens de Lucie. Bien sûr que je ne peux pas en vouloir à Camille. Qui n'a pas embrassé son chéri au lycée ? Est-ce vraiment une bêtise d'être amoureux ? Mon Dieu, encore une fois ma Lucie me remet sur les rails. Une gamine de seize ans ! Ça promet pour la suite.

— Camille, prends ton fichu papier et va en cours. Tâche de garder ta langue dans ta bouche.

Mon aînée me remercie d'un hochement de tête avant d'enfiler une veste et de sortir. Lucie, qui commence les cours plus tard, reste dans la cuisine à me dévisager.

— Arrête un peu de tirer la tronche, mam's. Il n'y a rien de dramatique. Tu mets tous les hommes dans le même panier ! Et entre nous, tu devrais en accepter un dans ta vie.

— *Vertomi*, Lucie ! Ce n'est pas le moment !

— Ouvre un peu les yeux, Oscar mange ici tous les soirs, il est adorable. Tu devrais tenter ta chance avec lui, ça te dériderait.

— Vraiment, tu m'épuises ! fulminé-je en lui envoyant mon torchon à la figure.

Lucie le rattrape au vol et me barre le passage au moment où je traverse la cuisine pour rejoindre ma chambre et me préparer.

— Laisse-moi passer, je n'ai pas envie de continuer cette conversation.

— Tu ne vas pas vivre seule jusqu'à la fin de tes jours parce qu'un homme t'a brisé le cœur. C'est ridicule. Oscar vit ici depuis presque trois mois, ne me dis pas que tu n'as pas envisagé le fait qu'il pourrait devenir celui dont tu as besoin ?

— Ce qui est ridicule, c'est de louper ton bus parce que tu veux absolument jouer aux entremetteuses. Et tu me retardes par la même occasion !

— Je ne joue à rien, répond-elle très sérieusement en me laissant passer. Je veux juste ton bonheur. Rien de plus.

— Je suis heureuse : je vous ai, ta sœur et toi.

— Seulement pour un temps, souligne-t-elle avec tristesse.

Je fais mine de ne pas l'entendre et vais me préparer. Je suis tellement remuée que je m'y prends à deux fois pour enfiler mon pull à l'endroit. Il fait froid dehors, mais je sue autant que dans un sauna. Il faut dire que je suis dans un état d'énervement et de stress rarissime. Habituellement, je gère les événements avec humour. Mais Lucie est allée loin. Je n'ai aucune envie que ma gamine chamboule mes sentiments envers Oscar.

Le mal est fait.

Pourquoi m'obliger à envisager autrement notre relation ? On est bien ainsi. J'aime le recevoir tous les soirs, partager un bon repas et prolonger la soirée en discutant cuisine et piscine. Il est vrai qu'en peu de temps, je me suis attachée à lui. J'apprécie son amitié. Oscar est une personne droite, plutôt aimable, sociable et pleine de bonnes intentions. *Le mec idéal, quoi !* s'exclame Lucie dans ma tête. Et la voilà qui s'incruste dans mes pensées ! Un vrai cupidon !

Je l'imagine bien avec un arc et des flèches serties de cœurs. *Hopla !* Une flèche pour maman et une autre pour Oscar. Il ne manquerait plus que ça. Moi, tomber amoureuse ? Je me suis promis de ne plus commettre une telle erreur, surtout après tous les déboires que j'ai connus. *Sauf qu'Oscar ne ressemble en rien à tes ex...*

Je ferme brusquement la porte de mon armoire, frustrée d'entendre la voix de Lucie marteler sa sérénade dans ma tête. Je sais qu'elle a raison. Je ne devrais pas continuer à vivre seule parce que j'ai été déçue. Toutefois, je ne peux imaginer quoi que ce soit avec Oscar, car il est mon ami. Certains hommes changent quand ils sont en couple. Je veux qu'Oscar reste le même. Je ne prendrai pas le risque de le perdre parce que Lucie ne veut pas que je finisse vieille fille.

Je sors en évitant ma casse-pieds de cadette, néanmoins d'une grande pertinence et incroyablement *attachiante*.

Direction les Cigognes. Sur la route, j'adresse un beau sourire au radar qui me flashe alors que je dépasse à peine la limitation autorisée et finis par me garer à côté de la voiture de Julie qui empiète largement sur ma place. La journée s'annonce bien !

Et la suite est tout aussi sympathique.

En ouvrant les portes de la cuisine, je la découvre sens dessus dessous. Iris a eu la bonne idée de commander un nouveau piano, mais elle a oublié que les travaux, ça produit de la poussière et qu'il faut pousser un maximum de meubles pour avoir de la place. Rémy est en

train de tirer une bâche pour créer une séparation entre la nouvelle cuisine et l'ancienne qui
se réduit à une plaque électrique nomade et un
plan de travail improvisé avec une planche posée
sur deux tréteaux.

La matinée s'envenime lorsque Julie surgit
avec le menu du jour. De quoi envoyer du rêve !
Cabillaud vapeur, haricots et pommes de terre.
Le genre de plat qu'un gamin jetterait par terre.
Ce que font la plupart des petits vieux. On dirait
que Julie pense que tous les retraités n'ont plus
de dents. Mangez du mou ! Tel est le slogan de
la nutritionniste qui m'impose des ingrédients
fades et déprimants. Je suis tellement lasse que
je ne remets pas en question son menu. De toute
façon, je le modifierai plus tard.

En attendant, j'attaque le rangement et le net-
toyage des lieux. Il est hors de question que je
prépare à manger dans de pareilles conditions.
La journée va être longue ! Rémy me suit avec
une serpillière tandis que je passe l'éponge sur
les meubles. Inquiet que le repas ne soit pas
prêt à l'heure, il m'énumère les ingrédients
du jour.

— Ne te fatigue pas Rémy, j'ai déjà pris note.

— Tu ne comptes tout ne même pas leur préparer le menu de Julie ? Ils vont t'en vouloir !

— Mais non, ne t'inquiète pas. Vu que la gazinière est en travaux et la cuisine dans un état
déplorable, je préfère miser sur une cuisson au
four. On va leur faire un cabillaud en papillote.
Ce sera simple et efficace. Tu vas passer les

pommes de terre à la mandoline, très finement. Moi je prépare une marinade à base de citron, gingembre et curcuma. Ce sera parfait.

Rémy sourit, soulagé que je ne manque pas d'inspiration. Nous nous mettons rapidement au travail. Les ouvriers chargés d'installer le piano nous quittent vers 11 heures, pile au moment où les papillotes commencent à cuire. De doux effluves citronnés envahissent la pièce. Je m'assieds un instant sur une chaise, le temps de souffler et de profiter de ce parfum si satisfaisant. Il n'y a rien de mieux que de sentir l'odeur d'un plat qui cuit lentement au four. À côté de moi, Rémy réalise un chutney de pommes avec une réduction de cidre et de la cannelle. Ce sera parfait pour le dessert. On en gardera pour le plat du soir. Le boudin sera exquis avec cet accompagnement.

— Tu as remis ça ! crie Julie en pénétrant dans la cuisine.

Je descends de ma chaise et croise les bras sur ma poitrine.

— Qu'est-ce qui t'arrive ? Tu as flairé l'odeur de la trahison ?

— Exactement ! Tes épices empestent tout le bâtiment. Encore une fois, tu n'en fais qu'à ta tête. Tu ne peux pas te permettre autant de libertés ! Je te donne un menu à suivre, et toi tu chamboules tout !

Je chipe le presse-purée de Rémy et tourne le dos à Julie. Il faut que je passe mes nerfs sur autre chose que cette odieuse nutritionniste. Elle a choisi le mauvais jour pour m'ennuyer avec

171

ses remontrances. Un mot de plus, et j'explose. Momo la Cocotte-Minute a surchauffé pendant des heures, et la soupape est sur le point de sauter.

— Cesse de m'ignorer et mets-toi au travail. J'ai demandé un menu vapeur, pas une de tes créations à base d'épices et de je-ne-sais-quoi encore !

Je me tourne brusquement vers elle, mon presse-purée à la main, les lèvres tremblantes de colère. Rémy sort de la cuisine. Je crois que je fais peur à voir.

— Si tu as un problème avec mes plats, va en parler avec Iris.

— Je suis employée ici pour créer des menus adaptés au régime alimentaire des pensionnaires, tu massacres tout mon travail.

— Et voilà que tu reviens avec le même sermon. Je m'adapte au régime des pensionnaires et tu le sais, tu es seulement agacée parce que je modifie tes recettes. Mais je préserve tous tes ingrédients. La base, elle vient de toi. N'oublie pas une chose : je me casse la tête tous les jours pour changer tes suggestions minables et insipides en un plat qui ravira nos pensionnaires ! Eh merde ! Tu te crois maligne en leur proposant des pommes de terre en robe de chambre ? La moitié des résidents ont de l'arthrose, parkinson ou que sais-je encore ! C'est gai de les imaginer éplucher leurs patates ! À moins que ce ne soit une activité ludique pour les divertir durant les repas ?

Julie fait un pas en arrière. Son visage s'est décomposé. Toute sa morgue s'effondre comme un soufflé au munster.

— Je te préviens Julie, tu n'as pas intérêt à remettre les pieds ici, sinon...

— Sinon quoi ? Tu vas en venir aux mains ? On devine que tu es le genre de femme à agir uniquement en criant et en frappant. On le voit à ta façon de cuisiner. Tu réduis tout en bouillie. Allez, viens, qu'on en finisse !

Je laisse tomber mon presse-purée et remonte les manches de ma chemise.

La porte s'ouvre d'un coup, laissant entrer Oscar qui me fait signe de rester tranquille. Rémy se cache derrière lui. Je comprends mieux pourquoi il est parti.

— Bonjour Julie, on vous attend dehors.

— Nous n'avons pas fini de parler.

— Je crois justement que vous n'avez plus rien à vous dire.

Julie met les mains sur ses hanches et jauge Oscar avec une pointe de dédain.

— Je sais ce que vous complotez tous les deux. J'ai eu vent d'une histoire de chocolat... Un jour ou l'autre, vos manigances remonteront chez Iris...

— Je suis insensible au harcèlement, répond sèchement Oscar. Mauricette est une excellente cuisinière. Vos ingrédients sont respectés, laissez sa créativité tranquille. Les résidents en ont besoin. Maintenant fichez le camp d'ici avant que je me fâche pour de bon.

Julie ne se fait pas prier. Elle n'ose pas me jeter un dernier regard, de peur d'attiser la colère d'Oscar qui lui désigne la sortie.

Je me sens épuisée tout à coup et continue tout de même la préparation de mon chutney.

— Tu as eu une sale journée, viens t'asseoir un peu, me propose Oscar.

Je me retourne et constate que nous sommes seuls. Rémy est parti, certainement à la demande du maître-nageur qui ouvre une bouteille de jus de pomme.

— J'ai encore du boulot, tu devrais rentrer.

— « Savoir s'arrêter est le plus grand travail », mon père me le répétait sans arrêt. Ne fais pas la même erreur que moi, et essaie de suivre ce conseil, dit-il en me tendant un verre que je pose près de ma gazinière.

— Il n'avait pas tort, consens-je, en ajoutant de la vanille dans ma compotée. J'ai beaucoup de mal à m'arrêter, j'ai tellement peur de décevoir les résidents.

— Tu ne les décevras jamais, tu fais un travail formidable. Mais tu es à fleur de peau en ce moment, alors ménage-toi avant d'être totalement débordée par tes émotions.

Je remue mon chutney, un peu honteuse qu'Oscar ait été témoin de mon altercation avec Julie.

— Je suis désolée que tu aies dû intervenir, j'ai honte. J'étais folle de rage…

— Tu es fatiguée, ne sois pas désolée. Tu devrais souffler, cela ne fera pas de toi une feignasse, me taquine-t-il. Mon père était un sacré bosseur, mais il savait s'arrêter, prendre le temps de déguster un verre de jus à l'ombre de son pommier...

Plus Oscar parle, plus notre échange prend des allures de confidences. Je l'ai rarement entendu parler de son père. Toutefois, je sens qu'il avait beaucoup d'affection et d'estime pour cet homme.

— Hop ! Momo, pose tes fesses une minute. Après Camille et Julie qui t'ont cassé les pieds de bonne heure, je pense que tu devrais souffler un coup.

— J'imagine que tu as entendu la dispute de ce matin.

— Je n'en ai pas perdu une miette, dit-il en me tendant une assiette avec des biscuits. Mange donc un gâteau, ce genre de « miette » fait des miracles.

— Tu parles de mes propres gâteaux, idiot !

— Tu ignores donc le pouvoir de tes pâtisseries ? Toi qui m'as envoûté avec un rôti au chocolat... je pensais que les prêtresses du vaudou connaissaient mieux leurs recettes.

— Pour être plus précis, tu devrais m'ordonner grande prêtresse du quimbois, c'est ainsi que l'on nomme les croyances liées au vaudou et à la sorcellerie en Guadeloupe.

— Oh ! Il vaut mieux que je fasse attention à user des bons termes, sinon tu vas me jeter un sort !

Je souris. Oscar sait me parler pour me mettre du baume au cœur. La cuisine est mon refuge, et le voilà qui agite les biscuits pour que j'y plonge

175

la main. Je prends un *Bredala* à la vanille et le croque. La douceur du petit-beurre efface la colère qui me rongeait. Ce biscuit, je l'ai préparé avec amour. Oscar l'a compris.

— Tu sais, je mets tout mon cœur dans mes recettes. Quand Julie me fait la morale, j'en souffre énormément.

— Je le sais. Ceux qui ont la chance de goûter tes mets sentent ton amour pour la bonne cuisine.

— J'ai parfois le sentiment de ne plus être capable d'aimer autre chose. Quand je crée une recette, tout doit être parfait, millimétré, il n'y a pas de place pour des énergies négatives. Je me sens entièrement heureuse. Je sais exactement quoi ajouter pour obtenir l'association parfaite.

— Julie est incapable de saisir l'importance de tes recettes. Elle ne fera pas long feu. Iris finira par comprendre que les Cigognes ont uniquement besoin de toi.

— Tu dis ça pour me rassurer.

— Il n'y a rien de plus sincère. Une nana qui veut imposer des plats sans saveur n'a pas sa place ici. Allez ! On change de sujet ! Tu veux entendre une bonne nouvelle ?

— Après une telle matinée, évidemment !

Il se rapproche. Un peu timide, il pose sa main sur la mienne et la caresse tendrement. Je crois bien qu'il me touche pour la première fois.

— J'ai proposé un projet à Iris et elle l'a accepté. Le genre de projet qui va donner des boutons à Julie, et auquel tu participeras évidemment.

— Ne me fais pas mariner, j'ai eu une matinée assez éprouvante. Je n'ai pas envie d'attendre.

Il me répond par un large sourire. Mon cœur s'emballe. Je n'ai jamais été aussi proche de lui, et je n'ai pas retiré sa main de la mienne. Il est plutôt charmant notre maître-nageur.

— On va organiser une kermesse ! Et tu seras chargée de concocter des friandises adaptées à nos petits vieux. Tu imagines ? On fera une bonne partie de la fête à la piscine ! Je vais louer des toboggans, des jeux en mousse, un château gonflable, ce sera une vraie fête foraine. On l'organisera un peu avant Noël ! Et mes élèves pourront présenter un petit spectacle de danse nautique à leurs familles. Tu en dis quoi ? Prête à cuisiner des guimauves et des caramels ?

Je ne trouve plus les mots tant je suis émue et surprise. Je ne m'attendais pas à ce qu'il propose un tel projet. Je me vois déjà en train de mitonner des friandises pour les pensionnaires. L'idée est incroyable, et elle révèle encore une fois le cœur d'or d'Oscar.

— Comment as-tu eu une idée pareille ? C'est juste fantastique !

— Je côtoie ces personnes depuis des mois, et j'ai surtout été frappé par le fait que toutes ont gardé leur âme d'enfant. Chaque matin, je m'amuse à inventer de nouveaux jeux pour les divertir, que ce soit à la piscine ou dans leur petit appartement. Il m'est arrivé d'improviser des sketchs avec de simples chaussettes en guise de marionnette et de voir les sœurs Brontë se tordre de rire. Je ne peux pas être partout, alors qu'une fête toucherait toute la maison.

— Mince, je n'arrive pas à y croire ! C'est totalement fou... je... je t'embrasserais presque tellement je suis enthousiaste !

— Un bon câlin vaut tous les baisers du monde, dit Oscar en me prenant dans ses bras.

Je m'y blottis, comme on se love dans une couverture chaude et rassurante. Oscar me presse contre lui, sans dire un mot. Sa respiration est calme, douce. Ce n'est pas celle d'un homme qui attend une opportunité pour embrasser une femme éplorée. Il est sincère et tendre. Les hommes de cette veine sont aussi rares que les maîtres-nageurs veillant sur des petits vieux. J'ai intérêt à ne rien bousiller.

# 13

## Mon vieux

— Salut *Vater*[1], surpris de me voir ?

Je déplie la chaise que j'ai trouvée près de la maison du gardien et m'assieds face à la stèle. Le bonhomme n'est pas près de s'en servir ; avec le froid, je doute qu'il veuille se geler les fesses sur sa chaise de camping. Les allées sont désertes, et moi, j'ai tout mon temps.

Le cimetière est calme. Il fait froid en ce matin de décembre. Les cyprès scintillent de givre sous les doux rayons du soleil. Cela fait maintenant cinq mois que je suis rentré et je n'ai pas eu le cœur de venir jusqu'ici.

Tout a changé hier. En passant chez maman, j'ai eu la surprise de la découvrir blottie dans les bras de Gégé. Enlacés, ils dansaient sur un air d'Édith Piaf. Maman avait posé sa joue contre celle de son ami, un léger sourire aux

---

1. « Père », se prononce « foterr ».

lèvres. Je n'ai pas osé les déranger. Je suis parti. Combien de fois ai-je vu mes parents danser ainsi ? Combien de fois me suis-je extasié en constatant que leur amour restait intact malgré les années ? Un nouvel amour est né, tout aussi sincère que le précédent.

Certains auraient du mal à accepter qu'une mère soit en couple à plus de soixante-dix ans. Plus je les observe, plus je ressens de la reconnaissance envers Gégé qui honore la mémoire de mon père. Papa ne voulait pas que maman continue sa vie toute seule. D'une santé fragile, il savait qu'il partirait avant elle. Longtemps, je l'ai entendu me dire que maman aurait besoin d'un homme pour l'aimer à nouveau et lui donner le sourire.

Il fallait que je revienne ici, sur les traces de mon père, cet homme qui est parvenu à insuffler un tel désir de vivre à son épouse. J'ai besoin de me recueillir, et de savoir. Savoir si je serai un jour aussi passionné que ces personnes proches du grand départ ? Je n'ai que quarante ans, pourtant je me sens vieux, incroyablement vieux. Je crois que Mauricette est tout aussi rouillée que moi. Sauf qu'elle fait l'autruche et ne voit pas que les années passent et abîment son cœur solitaire.

L'amour. Qui aurait cru qu'il me manquerait tant ? Marie m'a offert de belles années de tendresse. Mon cœur savait aimer. Aujourd'hui, c'est un vieillard qui a passé trop d'années au placard.

180

Schötzi s'allonge à mes pieds. Elle est fatiguée par notre petite marche matinale. J'étais sorti me défouler, et sans vraiment m'en rendre compte j'ai suivi le chemin menant au cimetière communal. Il ne faut qu'une quinzaine de minutes pour y aller, mais pour une chienne âgée, les quelques kilomètres parcourus ont dû sembler bien longs.

— Repose-toi, ma vieille amie.

La chienne pose sa truffe sur la stèle. Le regard flou, presque triste. Elle sent certainement le silence qui pèse sur les lieux. Même les oiseaux respectent le mutisme des tombeaux. Ce ne sera pas mon cas. Je ne me laisserai pas gagner par la mélancolie du cimetière. Ma langue a besoin de se délier, d'exprimer ce qu'elle a tu pendant des années.

Je pose une main sur la tombe, caressant le granit rose, observant le médaillon avec le portrait de papa. Une photo que j'ai choisie. Maman n'en avait pas le courage. Le cliché donne envie de sourire. On y voit mon père en chemise blanche et chapeau de paille en train de se détendre sous son pommier. Je l'ai toujours vu ainsi. Tranquille, apaisé, les yeux posés avec bienveillance sur le fruit de son labeur. L'ouvrier oubliait d'où il venait dès qu'il posait les pieds à la maison. Son dos ruiné, sa fatigue, tout échouait devant l'entrée comme un sac abandonné. Un sac qu'il récupérait à 4 heures du matin et qu'il portait sans grimacer.

J'aurais voulu lui ressembler. J'ai fait tout le contraire. Je n'étais pas dupe et étais conscient que sa santé déclinait à cause des gestes répétés, du bruit et de la fatigue. Je voulais lui offrir ce qu'il y a de mieux. Lorsque j'ai gagné mon premier prix de natation, j'ai utilisé mon argent pour lui acheter un nouvel arbre à ajouter à son verger. Papa a versé une larme avant de me serrer contre lui. Je ne crois pas l'avoir vu pleurer avant ce jour. Dès lors, j'ai œuvré pour eux, pour les rendre fiers et afin que leur retraite soit plus douce. J'ai travaillé sans m'arrêter. Je me suis oublié et j'ai oublié l'image de mon père assis à l'ombre de son arbre.

Je ne quitte pas la photo des yeux. Son regard brille de sérénité et il esquisse un léger sourire. On a pour habitude de poser des images figées, sans expression. J'en ai décidé autrement. Le sourire sur la photo est doux, semblable à une caresse. Je le sens naître sur mes lèvres et me transmettre la force de m'adresser à lui.

— Je ne sais pas par où commencer. Je me sens suffisamment con de revenir si tard.

Le vent fait frémir mes cheveux, tel le souffle d'un fantôme qui se serait baissé pour me parler au creux de l'oreille. Je me sens prêt à me confier. Prêt à lui dire combien j'ai merdé, combien j'ai été lâche d'abandonner mon fils, d'abandonner la vie aussi.

— Je n'aurais pas dû partir. J'aurais dû fleurir ta tombe, regarder les saisons passer, la neige couvrir ta stèle d'un voile immaculé. Et voilà que je donne dans la poésie ! Le genre de truc qui faisait vibrer Marie. Vous étiez faits pour vous entendre, tous les deux. Je me souviens que tu

182

appréciais les balades au Père-Lachaise lorsque tu m'accompagnais sur Paris. Les statues au regard de marbre mangé par le lichen, les stèles centenaires, la mousse couvrant toutes choses d'un tapis vert et douillet. Tu étais amoureux des détails et de la beauté d'un lieu où tristesse, apaisement et mélancolie se côtoient. Un vrai romantique.

Schötzi se redresse et pose sa tête sur mes cuisses. Elle sent la nostalgie qui me submerge. Toutefois, je suis apaisé. Le cimetière éveille de doux souvenirs. Je n'y avais plus pensé car je craignais qu'ils ne m'affectent, or il est bon de les voir s'élever dans la brume du matin. Je souris en prenant conscience d'avoir plagié un vers de Baudelaire. Marie aurait été ravie que je m'en souvienne. Bon sang ! Faut-il que je me rapproche de mon défunt père pour faire la paix avec Marie et ne plus éprouver d'aigreur ? En fait je ne vaux pas mieux qu'une cloche fêlée[1]. Marie voulait me transmettre le goût des lettres, je faisais le nigaud qui n'y comprenait rien. À présent les mots prennent tout leur sens. Ils apaisent mon âme et me permettent de m'exprimer sereinement.

— Je ne sais pas si tu m'as observé ces dernières années. Si c'est le cas, tu as dû voir un paquet de choses peu glorieuses. Surtout en ce qui concerne Anthony. Je me suis mal occupé de ton petit-fils. Pendant des années, j'ai vécu avec des œillères. Je ne voyais rien et n'écoutais rien.

---

1. Référence au poème de Baudelaire du même nom.

Aujourd'hui, je t'entends à nouveau me rappeler de m'arrêter, de prendre du temps pour mon fils, de mettre certaines choses de côté pour revenir à l'essentiel.

La chienne pousse un léger jappement plaintif. Elle ressent ma culpabilité.

— Pardon ma belle, je ne vais pas ressasser le passé, t'en fais pas, lui assuré-je tout en lui caressant le cou. J'avance avec Anthony. Tout ira bien...

Je prends une grosse bouffée d'air frais. Je me sens plutôt bien. Les remords s'envolent à mesure que je reprends mon souffle. Mes épaules sont moins lourdes, soulagées du poids des regrets. Seule une douce pression demeure, pareille aux mains d'un ange posées là où pesait le fardeau de ma culpabilité.

Une voix au fond de moi me répète que je n'ai pas à m'inquiéter pour mon fils, qu'il suit son chemin et qu'il est heureux. J'ai la gorge nouée et le cœur léger à la fois. Délicieux paradoxe. Papa fait des miracles. Il m'a libéré et a pansé mes vieilles plaies. Anthony écrit sa propre histoire. Il ne vit pas dans le passé. Contrairement à son père. Tout le problème est là. J'étais cœur et âme liés. Attaché à mes remords. Je ne pouvais plus avancer. Pourtant, je progresse aujourd'hui. Je suis revenu en Alsace. J'ai retrouvé mes racines, ma famille, et rencontré de nouveaux amis qui m'ont ouvert à d'autres horizons. Devant la tombe de mon père, j'éprouve un formidable élan de gratitude. Je suis reconnaissant envers le destin. Je ne sais pas où je vais, mais je sais avec qui je veux être. Les années de solitude sont derrière moi. Marie aussi.

Les larmes coulent sur mes joues. Salvatrices.

Je souris à travers mes larmes et ce vieux chagrin qui se mêle à ma joie toute neuve. Je suis heureux. C'est bien la première fois que je me le dis de façon si nette : je suis heureux.

Les manigances de maman m'ont sorti de la solitude et m'ont apaisé. Les derniers mois de mon existence ont autant compté que toute ma vie. M'investir avec les petits vieux m'a donné un but. Et puis, il y a Mauricette. La gentille cuisinière qui guérit les cœurs avec un soupçon d'épices et de magie. Penser à Momo m'emplit d'allégresse et de reconnaissance. Chaque soirée passée à ses côtés est un moment de joie. J'aime ma nouvelle vie. Mes pantalons ne me remercient pas, les vendeurs de ceintures sont ravis, mais je m'en fiche. Les kilos en trop sont le signe que je remplis à nouveau mon quotidien. Il est vrai que je le comble de *Bredela*, de *Spätzle* et de coq arrosé de pinot gris, car j'éprouve un bonheur infini à partager la table de Mauricette avec mon fils. J'ai réappris les valeurs de partage en sa présence. Finis les repas sur le pouce devant la télé. Finies les journées à compter les heures. Il fallait que je me recueille sur la tombe de papa pour laisser le passé derrière moi et lui demander sa bénédiction.

Le léger crissement des graviers m'indique que je ne suis plus seul. Je me retourne et découvre Anthony et Rémy. Surpris de me voir, il lâche la main de son petit ami. Blême, il n'ose pas dire un mot. Il doit certainement ne pas en croire ses yeux. En même temps, je n'ai pas mis les pieds ici depuis des lustres.

— Je ne m'attendais pas à te voir, murmure-t-il.

— Il fallait bien que je revienne. Et toi, tu as l'habitude de passer le voir ?

— Je viens souvent. Je ne pensais pas te trouver ici.

— Moi non plus. Je suis venu par hasard, un peu comme par magie.

Rémy et Anthony restent immobiles. Ennuyés d'avoir été surpris dans leur intimité. Si Anthony demande à son ami de l'accompagner sur la tombe de son papi, il est évident que Rémy n'est pas un simple flirt, d'autant plus que leur histoire dure depuis quelques mois.

Je ne sais pas non plus quoi faire. Moi qui avais si peur de mettre les pieds dans le plat. On y est. Mon fils se trouve devant moi, un peu gêné, les yeux fixés sur ses chaussures. Je me redresse et me rapproche de lui. Il ne fait pas un geste pour m'éviter ; d'une main assurée, j'entoure son épaule et lui murmure :

— Je suppose qu'il s'agit de la personne qui te rend si heureux ?

Anthony hoche lentement la tête. Je sens qu'il est sur le point de craquer. Je le prends aussitôt dans mes bras avant d'attraper Rémy par le coude afin que le câlin devienne collectif. Nous n'avons pas besoin d'échanger un mot de plus. La douceur du moment unit ma famille retrouvée.

# 14

# Gégé plus fort
# que Patrick Swayze

Le tendre grésillement du beurre me tire du lit. J'entends distinctement le clapotis de la pâte à crêpe qui frémit dans la poêle. Je reconnaîtrais ce son parmi des milliers. *Mamama* avait pour habitude de me préparer des *Kersche Kiechle*[1] le jour de mon anniversaire. Elle me rappelait à chaque bouchée de ne pas avaler de noyau au risque qu'un cerisier ne me pousse dans l'estomac. C'est peut-être pour cette raison que j'ai pris l'habitude fastidieuse de dénoyauter mes fruits. En tout cas, le parfum des crêpes embaume l'air et file sous la porte de ma chambre pour m'attirer jusqu'à lui. Je ne suis pas rassurée, car Lucie cuisine mes desserts favoris pour se faire pardonner.

Il est à peine 6 heures. Une autre personne n'aurait certainement pas prêté attention aux

1. Crêpes épaisses et moelleuses fourrées aux cerises. Se prononce « kerscha kiérla », traduction littérale : « galette de cerises ».

discrets chuchotements de la cuisine. Moi, le moindre élément sortant de mon sanctuaire me tire du sommeil. Il m'en faut peu pour me réveiller. Je pourrais entendre la porte d'entrée s'ouvrir alors qu'elle se trouve à l'autre bout du couloir. Je dois avoir une audition bionique, à moins que ce ne soit lié au fait que je ne dorme que d'un œil. J'ai le sommeil léger. Je crois que je ne sais pas lâcher prise. Je reste en semi-éveil, certainement parce que j'ai passé la moitié de ma vie à me lever la nuit, à border Camille, à bercer Lucie qui faisait des cauchemars. Dormir profondément, mon corps en aurait bien besoin. Mais je n'y parviens pas. Quand je ne m'inquiète pas pour l'avenir de Camille, la seconde prend le relais. J'ai eu peur pour elles dès le moment où j'ai su que je les portais. Je suis une angoissée notoire et, à cet instant, je crains surtout qu'une de mes têtes de linotte de fille ait oublié de couper la gazinière.

J'enfile une robe de chambre et sors à pas de loups. Camille et Lucie parlent dans la cuisine. Pas assez fort pour que je les comprenne, mais suffisamment pour que je sente une certaine tension. Je longe le mur du couloir. Cachée derrière le meuble à chaussures, à moitié avachie, je reste silencieuse et tends l'oreille.

— Lucie, ne te prends pas la tête, tu as tout le temps pour en parler à maman.

— J'ai l'impression de la trahir. Tu sais, elle ne mérite pas que je lui cache la vérité. Tu te souviens de sa réaction quand elle a su que tu sortais avec un garçon ?

Camille prend une *Kersche Kiechle* et en croque un morceau avant de cracher un noyau dans du Sopalin.

— Il ne s'agit pas d'un simple flirt, et puis j'ai rompu avec Paul. Elle avait raison, je n'étais pas prête. Toi, tu l'es ! Tu as trouvé ton « grand amour », ne gâche pas tout. Maman risque de te retenir, parce qu'elle ne peut pas vivre sans nous.

Son « grand amour » ? Je n'arrive pas à y croire. Je reste statufiée d'effroi. La scène est totalement folle. J'ai l'impression d'être tombée dans une autre dimension. Camille ne conseillerait pas à Lucie de tout plaquer pour un garçon. J'ai le sentiment que quelque chose m'échappe et que mon aînée s'exprime dans une langue étrangère. Je n'ose pas faire un mouvement de peur qu'elles ne me repèrent et abrègent leur conversation. Quelque chose de grave se trame sous mon toit.

— Que je le veuille ou non, je vais lui briser le cœur, soupire Lucie.

Voilà, c'est chose faite.

Je n'arrive plus à respirer. Appuyée au mur, une main sur la poitrine, je retiens mes larmes. Lucie n'est pas le genre de personne à s'épancher, et je sens une douleur sincère dans sa voix. Qu'a-t-elle fait, ou qu'est-elle sur le point de commettre pour éprouver une telle culpabilité ?

— Il vaut mieux que tu le lui brises quand tu seras loin d'ici.

— Pourquoi m'empêcherait-elle de suivre ma voie ? Maman disait qu'elle voulait que nous vivions nos rêves, pourquoi me mettrait-elle des bâtons dans les roues ?

— Parce que ta réussite la confronterait à ses propres échecs. Maman a tout perdu. Te voir partir serait...

— Comme si je lui volais sa propre place, autrement dit, sa vie.

Camille prend Lucie dans ses bras et l'étreint tendrement.

J'aimerais les rejoindre, les embrasser, les féliciter de se soutenir ainsi ; mais je ne suis pas à ma place, je ne devrais même pas être là, à les écouter, à les voir s'entraider et s'aimer dans l'adversité.

— Je resterai avec maman le temps qu'il faudra, lui assure Camille en lui caressant les cheveux. Elle ne doit pas vivre seule. Elle a encore besoin de nous...

Je suis sur le point de m'effondrer. Les mots de Camille me touchent si fort que je tiens à peine sur mes jambes.

— Toujours là pour elle, pas vrai ? Tu vas faire quoi ensuite, dormir dans son lit pour la rassurer ?

— S'il le faut. J'ai passé une bonne partie de mon enfance à réclamer sa présence toutes les nuits. Lovée contre elle, je voulais qu'elle se sente aimée et essentielle. Je crois qu'elle était loin de se douter que les rôles étaient inversés...

*Jesus Gott*, Camille. Si elle savait combien j'ai chéri ces douces nuits où elle savait si bien soigner les plaies de mon cœur. Cachée derrière le meuble à chaussures, je me sens pitoyable devant la force de mes gamines. Une force que je leur ai donnée. Aujourd'hui, j'ai le sentiment qu'elles me l'ont entièrement ravie, car je dois me tenir au meuble pour ne pas m'effondrer tant mes nerfs sont mis à rude épreuve.

— Pars Lucie. Quand tu reviendras, maman sera si fière de toi que tout sera oublié.

— Elle ne me retiendra pas. Même si je vis ses propres rêves, même si je les lui vole, elle ne sera pas rancunière. Zette m'a encouragée dans cette voie parce qu'elle connaissait ma passion. J'ai passé tant d'heures dans sa cuisine à apprendre, à laisser la passion m'envahir ! C'est de famille ! Maman m'a transmis son don, et moi je n'avais pas le courage de le lui révéler car je craignais de lui voler ce qui la rend si particulière. La cuisine la détermine, maman est indissociable de ses recettes. Mais j'ai mon propre livre à écrire, car nos plats sont à l'image de notre âme. Je l'ai appris lors du concours auquel Zette m'a inscrite. Et maintenant que je l'ai gagné, maintenant que je sais que j'ai le niveau pour aller plus loin, je ne vois pas ce qui peut m'arrêter.

— En tout cas ce ne sera pas moi.

Mes filles se retournent et me découvrent. Je n'ai pas pris la peine d'essuyer mon visage. Je dois faire peine à voir, car elles se jettent littéralement dans mes bras.

— Je suis désolée que tu l'apprennes de cette façon...

— Lucie, je suis la seule personne qui doit s'en vouloir. Vous avez toutes les deux réagi ainsi parce que vous aviez peur de me blesser.

Je n'aurais pas dû me montrer aussi fragile. Je crois que d'une certaine manière, j'aurais pu brider vos rêves et vos ambitions en me lamentant sur mes échecs. Toutefois, vous avez toutes les deux fait preuve de courage et de ténacité. Même si cela nécessitait un mensonge et quelques messes basses, je suis fière de vous, car j'ai vu combien vous êtes fortes, soudées et déterminées à réussir votre vie.

— Tu n'aurais pas pu te confier il y a quelques mois ? J'aurais pu éviter quelques nuits d'angoisse, me reproche Lucie avec tendresse.

— Si je l'avais fait, je n'aurais pas eu le plaisir d'entendre cette conversation et de découvrir que vous vous entraidiez. Vraiment les filles, je suis fière de vous. Et particulièrement de toi, Camille...

Mon aînée baisse les yeux. Je la serre contre moi et prends son visage entre mes mains.

— Tu étais prête à te sacrifier pour que ta sœur aille au bout de ses rêves, voilà la plus belle preuve d'amour et de courage.

Camille a les larmes aux yeux. Je les essuie avec douceur puis lui embrasse tendrement le front.

— Tu sais, à force d'écouter du Jean-Jacques Goldman à longueur de journée, y a des trucs qui s'impriment dans notre tête, réplique Lucie. Et t'inquiète, on restera « raisonnables[1] » jusqu'au bout !

---

1. À défaut d'aller « où la raison s'achève », selon les paroles de Jean-Jacques Goldman.

Je tire la langue à Lucie avant de m'asseoir sur une chaise de bistrot. Je me sens requinquée, ravivée par la fierté que j'éprouve envers mes deux grandes filles.

— Allez, Lucie, fais-moi goûter tes *Kersche Kiechle*, elles ont l'air fantastiques.

— Je n'ai pas à m'en vanter, il s'agit de ta recette... Quoique, j'ai ajouté un ingrédient.

— Je vois que tu ne peux pas t'empêcher d'apposer ta signature, et de préserver les noyaux comme le faisait *Mamama*. C'est bon signe, la créativité mêlée à la tradition est la clé de la réussite dans le domaine culinaire.

— Les profs ont dit la même chose lorsqu'ils m'ont remis le prix, claironne Lucie tout en déposant une assiette sous mon nez.

Ses crêpes sont incroyablement appétissantes. Je m'en veux un peu de ne pas avoir remarqué son talent plus tôt. Il est vrai que Lucie prépare régulièrement le petit déjeuner et excelle en matière de *pancakes*, gaufres et crêpes aux fruits. Mais ce matin, j'y décèle une note particulière. Lucie ne s'est pas contentée de suivre une recette, elle y a ajouté sa personnalité. Le parfum des crêpes est différent. Une note fleurie s'en dégage, m'évoquant le jardin de ma grand-mère et ses fantastiques rosiers aux couleurs pastel. Lucie cuisine avec ses souvenirs et son âme. Je n'ai pas besoin de goûter mon petit déjeuner pour le sentir. Il suffit de suivre mes sens pour percevoir l'étendue de son amour pour la gastronomie. Et dire que je le lui ai transmis sans m'en rendre compte !

— Du coup, il va falloir que je t'explique ce qu'il va se passer, dit-elle d'une voix un peu hasardeuse. En fait, il s'agissait d'un petit concours organisé par le lycée. Tu sais qu'ils ont des classes de formation en hôtellerie ? Ils ont organisé cet événement pour tous les élèves, histoire de susciter des vocations. Quand j'en ai parlé à Zette, elle m'a tout de suite encouragée à y participer. Il faut savoir que Zette m'a laissé ses fourneaux durant des années, lorsque je passais mes mercredis chez elle. Zette et Mumu jouaient à la belote, et moi je préparais des tartes, des cakes et des montagnes de *Mannala*[1] !

— Je suppose que les biscuits que je mangeais en rentrant du travail n'étaient pas préparés par Zette ?

— Non. Zette savait que tu étais trop protectrice et que tu n'accepterais pas qu'une gamine de huit ans joue avec des batteurs électriques, des couteaux, et risque de se brûler au troisième degré en réalisant un caramel ! Ah oui, pour être honnête, je ne m'étais pas brûlé le bras en glissant du toboggan. J'ai voulu récupérer un biscuit dans le fond du four et j'ai frôlé la résistance. En fait, j'étais moins casse-cou que tu ne le pensais !

Les confidences de Lucie me font voir Zette sous un tout autre angle. La gentille mamie qui habitait juste en face n'était pas qu'une simple voisine. C'était une grand-mère de substitution

---

1. Brioche en forme de bonhomme dégustée le soir de la Saint-Nicolas et durant la période de l'Avent.

qui a su voir le talent de ma fille et l'aider à le développer avec bienveillance.

— Tu peux en venir à l'essentiel, ma puce ? Tu parlais du concours au lycée...

— Pardon ! J'ai tellement de choses à te dire. Bref, le lycée a organisé cette « olympiade de la cuisine » ouverte à tous les élèves. J'ai préparé un *kougelhopf* aux mangues confites aromatisées au rhum, et une tarte flambée au boudin et aux oignons rouges caramélisés. Un petit séjour Antilles-Alsace, comme tu aimes le faire maman ! Ils ont adoré, au point de me dire que je devais viser plus haut qu'une formation au lycée, surtout que j'ai de très bons résultats en classe. Ils m'ont donc conseillé de m'inscrire à une école d'arts de la table à Lausanne. Et... maman ! Ils m'ont acceptée ! Les profs du lycée ont rédigé un courrier pour appuyer ma candidature. Ça a marché, je n'arrive pas à y croire !

— Et moi je n'arrive pas à croire que tu aies osé aromatiser les crêpes de *Mamama* avec de l'extrait de rose.

— Oh, tu as trouvé ? Tu ne m'en veux pas trop ? Je n'aurais peut-être pas dû l'ajouter. J'ai peut-être changé l'essence de la recette avec...

Je pose un doigt sur mes lèvres pour lui intimer le silence. Ma pauvre petite Lucie qui perd ses moyens, j'aurai tout vu !

— Tu t'es approprié une recette et en as créé une nouvelle, tu es une artiste ma chérie. Tu mérites d'aller loin. Tu iras à Lausanne, sois-en sûre.

195

Et voilà ma Lucie qui saute de joie en entamant une danse de la victoire.

— Tu ne peux pas savoir combien je suis heureuse ! L'école est prestigieuse. L'internat me fait un peu flipper, on se verra sur WhatsApp, n'est-ce pas ? Et tu pourras m'aiguiller ? Tu te rends compte, maman ? Je vais apprendre à devenir cheffe, et tu seras ma meilleure prof !

— Je crois qu'il serait de bon ton de remercier Zette en premier. La transmission de cet amour culinaire est peut-être génétique chez nous, sauf qu'en ce qui concerne la pratique, c'est Zette qui t'a permis d'exploiter tes facultés, pas moi.

— C'est toi qui m'inspirais chaque jour.

Quel amour, cette Lucie ! Je n'arrive pas à croire que je vais vivre sans elle dans quelques mois. Aller à Lausanne, vivre dans une région de lacs, de montagnes et de fleurs sauvages. Rien de tel pour alimenter l'imaginaire d'une cheffe en devenir. Oh oui, j'aurais voulu un tel destin, mais je suis bien plus enthousiaste que ma fille y parvienne à ma place. Je dois une fière chandelle à ma voisine qui a déserté pour vivre aux Cigognes.

Je décide donc d'aller au travail plus tôt ce matin afin de lui rendre une petite visite.

Lorsque j'arrive à la maison de retraite, les couloirs sont encore bien calmes. J'entends quelques ronflements et le vague cliquetis des cuillères. Il est un peu plus de 7 heures et la plupart des retraités prennent leur premier café. En passant devant l'appartement des Brontë, je marque un arrêt pour les saluer. Thérèse et Mireille écoutent un air de musique classique tout en brodant. Elles me font un léger signe de tête avant de désigner la boîte de chocolats qui trône sur leur petite table. Je les remercie et ne résiste pas à l'envie de chiper une friandise. En mettant les pieds dans leur salon, je constate que Louis dort paisiblement sur le canapé, une couverture en laine posée sur son corps bedonnant. Cet étrange trio me fera toujours sourire. Je les quitte en leur envoyant un baiser et en les remerciant pour le chocolat.

Le logement de Zette se trouve au bout du couloir. J'ai le temps de croiser quelques pensionnaires se dirigeant vers la salle commune pour lire le journal ou simplement regarder la neige tomber par la grande fenêtre vitrée. Il y a bien plus d'animation ces derniers temps.

Je découvre que la porte de Zette est fermée à clé, ce qui est assez inhabituel. J'imagine qu'elle a rejoint son chéri dans la nuit. Il n'est pas rare que je la rencontre le matin, un sourire radieux aux lèvres, quittant la chambre de Gégé. Leur amour m'a semblé bien plus platonique que passionnel, d'ailleurs Zette m'a expliqué à de nombreuses reprises qu'elle éprouvait une légère frustration à vieillir et à ne plus pouvoir jouir pleinement de ses sens. Au moins, elle peut dormir dans les bras d'un homme qui l'aime et qui la respecte... et crotte ! Voilà que j'envie le quotidien d'une mamie amoureuse !

Un peu frustrée de ne pas avoir trouvé Zette, j'arpente les couloirs et marche instinctivement vers la piscine. Peut-être parce que j'espère y croiser un homme gentil qui ne me brisera pas le cœur ? Bridget Jones, le retour ! Sortez les violons, Momo est en mode guimauve ce matin. Et ce n'est pas près de se calmer vu ce que j'aperçois en poussant les portes de la piscine.

Gégé et Zette me tournent le dos, je reconnais facilement ma voisine à sa magnifique chevelure blanche et bouclée, et surtout Gégé à son cou de taureau. J'ai tout juste le temps de me faufiler derrière l'étagère à frites pour ne pas être vue.

Gégé attrape Zette par les hanches et la soulève au-dessus de lui. Splendide, le visage radieux, Zette ouvre les bras et éclate de rire avant de se laisser couler contre le torse de Gégé et de l'embrasser fougueusement. Il ne manquerait plus qu'un petit air de « Time of my Life » pour que la réplique de *Dirty Dancing* soit parfaite.

Ils sont beaux. Leurs corps marqués par l'âge et les épreuves restent solides, noués par une passion naissante. Je ne les ai jamais vus ainsi. On pourrait croire que l'eau de la piscine des Cigognes est une fontaine de jouvence. Oscar a changé les choses. Les corps se sont éveillés et fortifiés grâce à ses cours, et l'association entre la nage et la danse les a rapprochés. On ne peut nier la sensualité de la musique et celle de l'eau. Oscar connaissait le pouvoir de cette osmose.

Depuis son arrivée, beaucoup de choses ont changé. De nombreux résidents sortent rien que pour assister aux séances d'aquagym et taper des mains au rythme des djembés. La vie reprend son cours, même dans une maison de retraite.

Il y a encore quelques mois, Rémy disait qu'il faudrait un miracle pour changer les choses. Ce n'est pas un miracle qui est arrivé, mais un homme d'une quarantaine d'années, brisé par le passé et aux idées folles. Mince ! Je n'avais pas remarqué que nous nous ressemblions autant.

— Tu te rinces l'œil depuis combien de temps ?

Je crois que mon cœur a failli exploser tant je ne m'attendais pas à être surprise de si bonne heure.

— Purée, Oscar ! Tu veux que j'aie une crise cardiaque !

Il s'assied à côté de moi. Il a apporté deux tasses de café fumant.

— OK, tu ne viens pas d'arriver à ce que je vois.

— Tout juste. Je t'ai surprise en train d'observer maman et Gégé il y a une bonne dizaine de minutes ; j'ai préféré ne pas t'embêter et te chercher un kawa. Tu sais quoi ? On devrait laisser Patrick Swayse et Bébé dans leur coin, ils ont besoin d'intimité.

Mince ! Après Woody Allen, voilà Oscar qui fait référence au film culte de mon adolescence. Il a lu dans mes pensées… ou bien nous sommes simplement sur la même longueur d'onde.

Je le rejoins sur la pointe des pieds, le cœur lourd. Derrière moi, je laisse l'image de deux personnes éprises l'une de l'autre, deux amoureux que la vieillesse ne sépare plus. Zette et Gégé goûtent à une nouvelle jeunesse. La mienne me semble si lointaine que j'ai la sensation d'être une vieille fille.

Mon cœur est en train de flancher.

Je n'ai jamais eu autant la trouille de ma vie. Moi qui m'étais juré de ne rien tenter, voilà que ma main se tend maladroitement vers celle d'Oscar avant de faire demi-tour.

# 15

## Un césar pour Oscar

La cuisine regorge de parfums sucrés. Penchée au-dessus d'une énorme marmite, Mauricette travaille sa mélasse aromatisée à l'églantine. On dirait une adorable sorcière alsacienne devant son chaudron. Maman m'a fait grandir avec les contes de notre région, des histoires où la gourmandise et la magie se conjuguent merveilleusement. Mauricette a tout d'une gentille *Haxa*[1] avec ses cheveux mal peignés, son mascara qui coule avec la chaleur du sucre caramélisé et son expression sérieuse alors qu'elle recueille des boules de sucre mou avant de les plonger dans l'eau glacée.

Je ne me lasse pas de l'observer. Il y a quelque chose de magique quand elle travaille. Elle s'oublie entièrement. Elle ne prête aucune attention à son maquillage qui fond sur ses joues, ni à

---

1. « Sorcière ».

ses lèvres qu'elle pince si fort que son rouge s'est étalé de façon clownesque. Mauricette se maquille rarement ; ce matin, j'ai entendu ses filles lui rabâcher qu'elle devait faire des efforts pour se mettre en valeur. Je comprends mieux pourquoi elle se préférait au naturel.

— Oscar, deux hommes demandent à te voir ! Un journaliste et son collègue ! s'exclame Iris en entrant dans la cuisine. Mon Dieu ! Ça sent divinement bon ici !

— Mauricette prépare des sucettes à l'églantine, je crois que nos grands enfants vont se régaler.

— Tu as un problème d'audition, Oscar ? Iris vient de te dire que tu étais attendu, elle n'a pas réclamé ma recette, rétorque Mauricette en brandissant son *Kocheleffel* brillant de sucre orangé.

— *Vertomi !* Moi qui pensais les avoir semés après toutes ces années !

— On ne peut pas faire table rase du passé, observe Mauricette avec une pointe d'amertume.

Son regard lumineux s'est légèrement éteint, soufflé par de douloureux souvenirs. Ah, Mauricette ! Toujours brave et souriante, avec une fragilité à peine dissimulée. Faire table rase, elle aurait voulu y parvenir et oublier les imbéciles qui l'ont abandonnée. Un peu gauche, je me rapproche et me penche à son oreille.

— Ne sois pas trop amère, tes bonbons ont besoin d'ondes positives pour être succulents.

— Toi alors ! s'exclame-t-elle vivement. Tu as vraiment compris qui je suis. La cuisine de l'âme ! Il n'y a que ça de vrai. Tu as raison, on se fiche du reste, profitons de l'instant présent. On ne va pas gâcher une fournée de sucettes. Les émotions se transmettent aux plats, il suffit d'un rien pour les sublimer ou tout rater…

— Donc tu comprends pourquoi je ne tiens pas à rencontrer ces journalistes.

Mauricette se penche un peu plus pour racler le fond de la marmite et former quelques sucettes avec le sucre qui colle aux parois. Elle ne veut pas perdre une goutte de sa magnifique mélasse aux reflets d'ambre.

— Qui te dit que tu vas ressasser le passé ? Ces personnes sont peut-être là pour autre chose.

— Non, pour eux je dois être une attraction. L'ancien champion qui retourne dans sa ville natale pour s'occuper de petits vieux cabossés… Un vrai sujet pour faire les choux gras de la presse people.

— Ah oui, c'est vrai que les gens s'intéressent uniquement à ta vie personnelle, réplique Mauricette avec une pointe d'ironie.

— Qu'est-ce que tu entends par là ?

— Que tu es trop focalisé sur toi-même. Ces journalistes sont venus à la maison de retraite, pas chez toi. Ils ont certainement envie de savoir ce qu'un ancien champion de natation peut apporter à des personnes âgées. La lumière ne sera pas sur toi, mais sur ce que tu transmets aux résidents. Et nos petits vieux n'ont-ils pas besoin qu'on les mette un peu dans la lumière ?

Et toc !

J'avoue que la clairvoyance de Mauricette est une bénédiction, surtout pour un ancien maître-nageur habitué à broyer du noir et à cracher sur le passé. Les journalistes m'avaient harcelé après mon départ, et j'en ai gardé un souvenir plutôt négatif.

— Fais-le pour le bien des Cigognes, on se fout de ce que tu es devenu, me taquine-t-elle gentiment.

J'adore quand elle me titille de la sorte. Momo parvient si facilement à m'ouvrir les yeux. Reconnaissant, je lui plante un petit *Schmoutz* sur la joue. Elle ne recule pas. Habituellement, Momo ne se laisse pas trop approcher. Ce petit baiser est une victoire pour notre tendre amitié. Je devine qu'elle a confiance en moi et ne me considère ni comme un salopard – il faut avouer qu'elle en a connu des bien gratinés – ni comme un éventuel prétendant.

— File ! Tu es attendu et tu m'empêches de préparer mes chouchous à la châtaigne !

— Des chouchous à la châtaigne ? Où trouves-tu des idées pareilles ? *Vortemi !* Momo ! Écris un livre, ouvre un resto, fais quelque chose !

— Bien sûr, Momo « superchef », on y croit ! Oust ! Au lieu de dire des bêtises, fiche le camp !

— Tu ne vas quand même pas entamer une nouvelle création sans moi ? Je t'avais dit que je voulais tout goûter !

— Dépêche-toi de revenir ici, monsieur le maître-nageur qui a gagné une bouée de sauvetage à force de se gaver.

— Avoue que tu es une bonne gaveuse d'oies !

— Je ne t'ai pas mis un entonnoir dans la bouche, que je sache. Si tu continues à vouloir gagner du temps pour réduire ton entrevue journalistique, je vais t'en coller un dans le gosier !

Je la quitte en riant. J'aurais voulu rester pour prolonger l'instant. La côtoyer, c'est se frotter à des paillettes. Où que j'aille, j'étincelle encore de sa bonne humeur.

Tout sourire, je rejoins les deux journalistes dans le couloir. Le premier a une petite vingtaine, l'air juvénile, bon élève, avec une moustache naissante et un crayon coincé derrière l'oreille. Le second est d'âge mûr et tient un cabas plein de bouquins. Des alsatiques[1] pour la plupart.

— Bonjour, monsieur Klein ! s'exclame le plus jeune en me serrant la main. Antoine Schwaub, journaliste pour *L'Alsace*. Je suis envoyé pour vous interviewer. Les gens ont eu vent de votre retour et veulent tout savoir sur vous !

Je commence à marcher, j'ai dans l'idée de les guider doucement vers la sortie, ou de les semer, ce serait mieux encore. Ils me suivent. Le jeune a sorti un carnet pour prendre des notes, le second qui ne s'est pas encore présenté, marche péniblement avec son sac plein à craquer.

— Je ne vois aucun intérêt à parler de moi.

---

1. Livres ayant l'Alsace pour sujet ou se déroulant dans la région.

— Après tout ce que vous avez vécu ? Médaillé olympique et ancien entraîneur de l'équipe de France...

— Tout a déjà été dit.

Le second journaliste fait la moue, *a priori*, il attendait que je lui donne des informations croustillantes.

— Nous ne sommes pas venus uniquement pour évoquer le passé, me rassure Antoine. Un retour en Alsace pour une reconversion totalement inattendue et fascinante ! Les lecteurs seront ravis d'apprendre ce que vous apportez aux résidents des Cigognes.

— Justement, si vous souhaitez écrire un papier, faites-le pour présenter notre projet de fête foraine à la commune. Mes élèves préparent un spectacle de fin d'année, et ce serait très gratifiant pour eux s'ils pouvaient se produire devant un public. Les gens doivent savoir que nos anciens ont besoin de divertissement pour vivre dans la dignité. Ce serait merveilleux si les habitants de la ville pouvaient venir avec leurs enfants durant cette journée, pour échanger, s'amuser et voir le spectacle.

Antoine prend des notes en hochant la tête, il a l'air enthousiaste.

— Le public vous réclame Oscar, les gens veulent savoir ce qu'il est advenu de l'enfant du pays, déclare le plus vieux. Vous aviez un avenir glorieux devant vous, vous pourriez très bien entraîner de nouvelles recrues et en faire des Laure Manaudou ou des Roxana !

— Vous n'avez pas à décider de la tournure de ma carrière. Je ne suis pas ici pour revenir sur mes pas, je trace une nouvelle route.

— « Trace une nouvelle route », répète Antoine avec sérieux.

— Navré de vous ennuyer avec mes réflexions. Je ne me suis pas encore présenté, je suis Bernard Bloch, le directeur d'une maison d'édition locale. Vous savez, vous étiez très apprécié, et j'aurais voulu que mon jeune ami recueille vos mémoires pour en faire un livre.

J'éclate de rire. Un livre ? Sur moi ? Quelle blague ! Surtout après les avoir gentiment rembarrés pour un simple article.

— Nous publions d'habitude des romans qui se déroulent en Alsace, des livres de cuisine régionale, des témoignages historiques... Ce serait une première de proposer une biographie, continue Bernard Bloch.

— Je ne veux pas que l'on parle de moi. Vous pouvez rentrer chez vous, monsieur.

— Puis-je au moins vous donner ma carte ?

— À quoi me servirait-elle ?

— On ne sait jamais. Vous êtes une belle personne, Oscar Klein. Il est rare que des gens avec une telle notoriété reviennent dans leur région natale, et encore plus avec des projets pour des septuagénaires. Pensez-y !

Il me glisse la carte dans la main. Dubitatif, je la fourre dans une poche de mon jean, pensant qu'elle finira oubliée dans le bac à linge sale avant de passer un séjour dans le tambour de la machine à laver. L'idée m'arrache un léger sourire de satisfaction.

— J'espère vous revoir bientôt, monsieur Klein. Je reviendrai pour la petite kermesse, qui sera une réussite, j'en suis certain.

Les effluves caramélisés des châtaignes enrobées de caramel croustillant chatouillent mes narines. Mon cœur s'emballe. Le succès de cette fête ne viendra pas de moi, mais des talents de Mauricette. Je ne parviens pas à lâcher la main de l'éditeur. Il ne doit pas partir. Il me fixe avec une pointe d'amusement. Je jette un coup d'œil à son sac débordant de bouquins dont la plupart ont leur place dans la bibliothèque culinaire de l'adorable locataire de tata Mumu. L'idée est là. Impossible de l'ignorer. Bernard Bloch tombe à pic.

— Ne partez pas tout de suite. Je vais vous donner un avant-goût de la fête à venir. Après une petite dégustation, je suis persuadé que vous convaincrez vos amis de vous joindre à notre kermesse.

Bernard arque un sourcil d'étonnement avant de décrocher un large sourire d'homme d'affaires. Il pense m'avoir dans sa poche et est loin d'imaginer que l'aventure gustative que je m'apprête à lui faire vivre va l'orienter dans une tout autre direction.

Tout en cheminant vers la cuisine, je poursuis l'interview avec Antoine qui ne quitte pas son carnet de notes.

— Si ma notoriété peut servir à quelque chose, utilisez-la pour votre article et invitez les gens à notre joyeuse kermesse de Noël.

— Ce sera fait. Pouvez-vous nous expliquer pourquoi vous avez atterri ici ?

— Je travaille ici parce que ma mère m'a demandé de venir. Ce n'était pas une vocation au départ, ça l'est aujourd'hui. Je me fiche de ce que j'ai été par le passé. Je veux simplement aider les pensionnaires à se sentir vivants.

— Pourtant vous le faites grâce à la natation. On ne tire pas facilement un trait sur ses passions. N'est-ce pas ?

— Nager pour le plaisir et enseigner n'ont aucun rapport avec la compétition. Ici, je ne suis ni un champion ni un compétiteur. La nage est secondaire. Mon projet est de donner un coup de peps aux personnes âgées, de leur montrer qu'elles sont capables de se dépasser physiquement par des jeux d'aquagym. Toute la magie de ce travail réside dans les échanges entre les résidents et l'entente avec les autres membres du personnel. Je vais vous présenter à Mauricette et son commis, Rémy, qui me sont d'un grand soutien. Appelez-la Momo, sinon elle s'échauffe comme une Cocotte-Minute !

— Eh bien, voilà un personnage intéressant ! s'esclaffe Bernard.

— Vous êtes loin du compte.

— J'ai du mal à comprendre le lien entre la piscine, une cuisinière et un commis, avoue Antoine.

— C'est simple : moi j'anime le corps de mes petits vieux, le commis est aussi musicien et donne du rythme à mes cours, quant à Mauricette, ses succulentes recettes sont une récompense pour les résidents qui les dégustent après chaque séance. Le sport, ça creuse ! Notre kermesse sera une combinaison de ce trio nautico-musico-gustatif !

— Voilà un beau projet, constate Antoine, et je comprends mieux les résidents, la cuisine sent merveilleusement bon.

Nous pénétrons dans « l'antre » de Mauricette. Elle ne prête pas attention à notre présence, pas plus qu'à celle de Julie qui grignote une châtaigne caramélisée. Assise près d'un plan de travail, la joue appuyée sur la paume de sa main, elle fixe la virtuose des fourneaux avec une petite lueur dans les yeux. Une lumière que je vois pour la première fois. La diététicienne semble plus détendue. La friandise est enfin parvenue à alléger son cœur. La tension entre les deux femmes a été soufflée, balayée par le pouvoir des merveilleuses sucreries de Momo.

— Tiens, Oscar, tu voulais quelque chose ? demande Rémy qui sort de la réserve avec un nouveau cageot de châtaignes.

— Je voulais présenter l'équipe à ces messieurs et leur offrir un aperçu des délicieuses préparations que Momo proposera sur son stand à la kermesse.

Mauricette se retourne, le visage en feu, pas très à l'aise à l'idée d'être confrontée aux journalistes.

— Antoine, Bernard, je vous présente Momo. Notre magicienne du *Kocheleffel*.

Antoine esquisse un large sourire tout en gribouillant quelques notes. *A priori*, le petit surnom que je viens d'attribuer à Momo lui plaît.

Et à elle aussi, à en juger par la couleur de ses joues.

— Momo, tu accepterais de faire goûter tes chouchous à la châtaigne à nos visiteurs ? Je suis convaincu que l'article de M. Schwaub en sera plus savoureux.

— Eh bien, heureusement que Rémy a passé tout l'automne à en ramasser ! À ce rythme, je vais finir par en préparer des traditionnels... Quoique... avec des noisettes ça doit être à tomber.

Rémy prend une assiette et tend quelques chouchous à nos invités qui les dégustent. J'en profite pour me pencher près de Mauricette et lui glisser un mot à l'oreille.

— La sorcière des fourneaux a encore frappé ? Tu as jeté un sort à Julie pour qu'elle soit plus aimable ?

— Ne m'en parle pas, chuchote Momo. Elle est venue ce matin, totalement chamboulée. Iris lui a annoncé le projet de kermesse et de stand à confiseries à indice glycémique modéré ; elle a eu tellement peur que son travail soit mis en péril qu'elle est arrivée en larmes dans la cuisine. Elle m'a avoué qu'elle ne voulait pas être méchante avec moi, mais que mon investissement culinaire lui donnait l'impression qu'elle était inutile. Tu te rends compte ? Presque dix ans d'études pour subir les extravagances d'une cuisinière sans diplôme.

— Il y a de quoi devenir un peu ronchon...

— Je lui ai proposé de goûter une de mes préparations, histoire de l'apaiser, et là, j'ai enfin vu son véritable visage.

Je me penche un peu plus pour ne pas être entendu, et surtout pour chiper une châtaigne juste derrière elle.

— Tes créations sont de vraies madeleines de Proust, elles libèrent le cœur et l'âme.

— Tu as toujours de belles références !

J'approuve d'un hochement de tête avant de croquer dans la divine friandise dont la croûte caramélisée croustille sous mes dents. La texture sableuse de la châtaigne fond sur ma langue, la caresse. On s'approche presque de la douceur d'un baiser.

Un regard auprès du journaliste et de l'éditeur confirme cette impression. Les sucreries de Momo sont une invitation à l'amour et l'apaisement. Dans les yeux de nos invités, je devine de la gourmandise et le désir de renouveler ce plaisir. Ils seront de la fête pour continuer la dégustation.

Ravi, je les raccompagne jusqu'au parking. Avant d'entrer dans ma voiture, j'échange quelques mots avec Bernard. L'homme est enthousiaste. Il a été charmé par Momo, et surtout par ses talents. Je lui soumets mon projet, le désir secret d'offrir un cadeau hors normes à mon amie. Bernard, encore envoûté par la dégustation des friandises, m'invite à un rendez-vous dans les locaux de sa maison d'édition avant de me quitter, un large sourire aux lèvres.

Je me sens sur un nuage. Dehors, la neige s'est mise à tomber, imitant le sucre glace qui vole sur les *Bredala* de Mauricette. Tout est imprégné d'une ambiance festive. L'aura de la cuisine s'est échappée et recouvre tout de son fantastique pouvoir d'attraction.

Au volant de ma voiture, mes pensées vagabondent de Bernard Bloch l'éditeur à Mauricette. Je sens la carte coincée dans la poche de mon jean, et je trépigne à l'idée de retrouver Lucie et Camille pour leur demander du soutien. L'affaire est dans le sac. Le cadeau de Noël de Momo sera exceptionnel.

En rentrant chez Mumu, j'ai la surprise de trouver Anthony sur le seuil. Vêtu d'un manteau et d'un bonnet, il fait le pied de grue.

— Tu ne rentres pas ?

— Je t'attendais, et je préférais que l'on se voie en dehors. Tu viens avec moi ?

— Tu veux dire chez toi ? Enfin, chez mamie Zette ?

— Qu'est-ce qui t'étonne ?

— Je n'ai pas osé y mettre les pieds depuis mon arrivée. J'avais le sentiment de ne pas être désiré vu que tu y habitais... En même temps c'est très frustrant, vu que j'ai grandi ici.

— Tu sais que tu peux me dire tout ça à l'intérieur ? Je me gèle les miches à t'attendre. Tu es cordialement invité à entrer dans la demeure de ton enfance.

Je le suis dans la petite allée qui brille sous les premiers flocons. Il a pris soin de tailler les haies, les hortensias, et d'ajouter des vivaces colorées pour tenir le temps de l'hiver. Maman faisait pareil.

Lorsqu'il ouvre la lourde porte en chêne, mon cœur se serre. Le grincement caractéristique, le

213

tintement de la clé qu'il pose sur le guéridon en verre juste à côté du porte-parapluie, chaque détail m'invite à revivre le passé.

Je prends une bouffée d'air et pénètre chez maman, ému de découvrir que tout est encore en place. La desserte déborde de journaux et magazines, la couverture en tricot jaune moutarde est bien posée sur le canapé en tissu vert. Le vieux poêle en faïence verte est allumé et diffuse une chaleur apaisante. Tout y est. Même l'odeur reste inchangée. Sauf qu'il manque le doux parfum d'une cocotte sur le feu, la fragrance du savon que maman utilisait pour se laver les mains quand elle revient du jardin. Je suis frappé par l'immense vide de son absence.

Anthony traverse le salon et ouvre la porte de la cuisine. Je le suis, l'âme en peine, troublé de retrouver la demeure familiale désertée par celle qui l'animait par sa bonne humeur et son incroyable énergie.

— Pas trop chamboulé de revenir sans mamie Zette ? me demande Anthony qui s'est penché dans le frigo.

— Cette maison n'a pas d'âme sans elle...

J'ai la gorge nouée. Anthony a respecté les lieux. Rien n'a été déplacé. Il manque simplement l'essentiel. Maman. Maman et son tablier fleuri. Maman et ses tartes. Myrtilles, quetsches, mirabelles, rhubarbe ! L'une d'elles m'attendait à chaque visite. Cela arrivait rarement depuis quelques années, néanmoins elle préservait et renouvelait ce rituel gourmand, certainement dans l'espoir que ses pâtisseries me retiennent définitivement.

Anthony sort deux bières et s'installe à table. Je prends place et reste silencieux. Le regard de mon fils s'est voilé, noyé de tristesse. Je n'ai aucune idée de la façon dont je dois agir pour le réconforter.

Il fait le premier pas et prend mes mains dans les siennes.

— Tu n'imagines pas le choc que j'ai eu lorsque mamie est partie. Je me suis retrouvé seul du jour au lendemain. Son absence m'a permis de me rendre compte que j'avais besoin d'un père. J'avais trop de fierté pour t'appeler et te dire de revenir.

— Parce que tu avais besoin de moi ?

— J'ai l'impression que tu en doutes. Évidemment que j'ai besoin de toi ! Tu étais là pour moi.

— Je... j'ai plutôt l'impression d'avoir été un père déplorable.

— Même si tu n'étais pas parfait, quand Zette est partie, j'ai éprouvé un vide infini, et je t'appelais de toutes mes forces pour le combler.

Décidément, cette journée est stupéfiante.

— On a beaucoup parlé de moi depuis que tu es revenu, de mon enfance, de l'homme que je suis devenu, continue Anthony. J'ai pris conscience que je suis le plus égoïste de nous deux. Il me semblait que je te devais des excuses pour t'avoir longtemps blâmé sans tenir compte de tes sacrifices.

Je me lève pour l'étreindre. Anthony se dresse à son tour avant de se jeter dans mes bras. Ce jeune homme a beau avoir l'allure d'un bûcheron, il n'en reste pas moins un tendre gamin qui n'a pas assez été embrassé par son père. Je l'enlace, le couvrant de tout mon amour, de cet amour que je n'ai pas su lui donner et qui est resté en moi, intact, fortifié par les années.

— Je t'aime, mon fils.

Anthony ne dit rien. Il savoure le moment.

J'ai l'impression d'avoir remporté d'innombrables victoires aujourd'hui. Dans les bras de mon fils, je suis enfin récompensé.

# 16

## *Sexe in the hospice*

Je me lève bien avant l'aurore. La maison est endormie. Même Mumu ronfle. Éveillée par la perspective d'une balade matinale, Schötzi m'attend devant la porte d'entrée. On pourrait presque voir une petite lueur de joie dans son regard voilé. Sans faire un bruit, je sors après avoir chipé quelques biscuits dans une boîte métallique offerte par Mauricette.

Dehors, il fait un froid de canard. Le décor hivernal est vivifiant. Les arbres scintillent, le temps est suspendu, comme arrêté, à l'instar de l'eau qui se fige lentement à la surface de la petite fontaine du quartier.

Je marche tranquillement dans la rue, accompagné par Schötzi qui se réjouit de sa balade matinale. Les rues ont revêtu leur costume de fête, parant les lampadaires d'étoiles et d'anges lumineux.

Un *Bredala* à la main, je le grignote en remerciant le talent de Mauricette. J'ai le sourire aux

217

lèvres. Une douce chaleur m'envahit à l'idée du cadeau que je vais lui offrir. Je l'imagine déjà penchée sur son paquet le soir de Noël. Ses filles trépignent d'impatience. J'espère qu'elles garderont le secret. Il va falloir la jouer fine durant les dix prochains jours. Ne rien révéler et continuer d'œuvrer ensemble pour lui préparer une merveilleuse surprise.

Je ne pensais pas m'investir autant pour une personne, encore moins pour une femme. J'ai eu le déclic après l'interview, et depuis une semaine, je travaille discrètement avec deux complices. Si quelqu'un a besoin d'être dans la lumière, c'est bien Mauricette. Elle le mérite. Et je vais tout faire pour qu'elle soit inondée de reconnaissance. L'enchanteresse des papilles ne pourra qu'être émerveillée par le projet que je mijote grâce au soutien de Camille et Lucie.

J'ai passé toute la nuit absorbé par l'étude des carnets de recettes chipés par Lucie. Recopiant les moindres détails, et me régalant en imaginant le poulet à l'orange et au gingembre, les crêpes au rhum et à la rhubarbe, ou les beignets de patate douce aromatisés au miel. Les créations de Mauricette sont un trésor fabuleux, et je me sens chanceux de pouvoir y plonger. Cela m'a tenu en éveil une bonne partie de la nuit, et ce matin, je n'ai qu'une envie : partager un bon petit déjeuner avec maman.

La dernière recette recopiée évoquait un *Kougelhopf* piqué de cerises au kirsch. Une vraie merveille que maman réalisait de façon traditionnelle avec des raisins secs. Rejoindre maman, lui apporter une brioche et la partager en regardant les flocons tomber, voilà un programme digne des fêtes de fin d'année.

La boulangère me salue avant même que je mette le pied dans sa boutique. J'aime la gentillesse des commerçants du village, surtout durant les fêtes. Toutes les maisons sentent bon les *Bredala* et le pain d'épice. Les gens s'affairent à préparer leurs biscuits de l'Avent qu'ils offrent avec une merveilleuse générosité. Je passe ma commande et me réjouis lorsque l'adorable boulangère m'offre un petit *Spiztbuebe*[1] à la confiture de framboise. Jalouse, Schötzi m'assène un coup de museau pour réclamer son dû et récolte un morceau de *Mannala* rassis. Dire que nous avons fêté la Saint-Nicolas il y a une semaine ! Le temps passe si vite quand on est heureux. Je souris en quittant la boutique, ravi d'avoir reçu une friandise. Ces sablés fourrés sont ma madeleine de Proust. Ils m'évoquent le souvenir des premiers biscuits de l'Avent préparés avec amour dans la grande cuisine de maman en compagnie de tata Mumu. Cette année, les biscuits ont un goût de renouveau. Mauricette s'est lancée dans la préparation d'une vingtaine de variétés. La Saint-Nicolas était l'occasion rêvée pour nous présenter ses biscuits à la confiture de lait et à la crème de spéculoos. Des gourmandises à se

---

1. Petits sablés parfumés au zeste de citron que l'on colle deux à deux avec de la confiture (généralement fraise ou framboise).

damner ! J'en ai d'ailleurs subtilisé quelques-uns dans la boîte de Mumu afin d'en offrir à Maman.

En rentrant pour déposer Schötzi, je découvre Mumu en robe de chambre, debout à la fenêtre ; l'air triste, elle fixe la maison de sa sœur. Je la salue d'un petit geste de la main. Elle y prête à peine attention. Depuis quelques semaines, Mumu est effacée, presque invisible. Le soir, nous nous retrouvons à table chez sa locataire, mais Mumu est aussi discrète qu'une petite souris et ne mange pas plus qu'un morceau de fromage. Le départ de Zette lui a fait perdre l'appétit. L'arrivée des fêtes la confronte à l'absence de sa sœur. Les deux inséparables préparaient tous les ans leurs biscuits de l'Avent ensemble. La Saint-Nicolas a été un crève-cœur pour elle. Après avoir rapidement avalé son chocolat chaud, elle nous a quittés, l'œil triste, regrettant l'époque où sa sœur confectionnait des *Mannala* aux attitudes comiques.

Je n'ai pas le courage de lui parler, sans compter qu'elle ne semble pas vouloir que je la rejoigne.

J'entre dans ma voiture et file au boulot. L'image de Mumu ne me quitte pas et, à mon tour, j'ai un coup de blues. J'ai du mal à accepter le choix de maman. Vivre aux Cigognes alors qu'Anthony s'occupe si bien de sa maison... Au fond, elle avait certainement peur qu'il loupe une partie de sa vie en veillant sur sa mamie. Je suis là maintenant et j'ai espoir que les choses changent.

Arrivé au travail, je traverse les couloirs sur la pointe des pieds pour ne pas réveiller les résidents qui font une « grasse mat ». Pour le grand âge, dormir jusqu'à 6 heures est un sacré exploit !

Je manque d'être assommé par la porte de maman au moment où je m'apprête à toquer. Je recule d'un bond et tombe nez à nez avec Gérard qui referme brusquement derrière lui pour me dissimuler quelque chose. Au bruit de chaussons sur le sol, j'imagine maman courir dans la salle de bains pour enfiler une tenue décente. En parlant de décence, Gégé ne se gêne pas pour recentrer son pantalon de pyjama et reboutonner le haut de sa chemise rayée. Il rougit en regardant ses chaussons et ses chaussettes mal remontées.

— Navré, Gérard, j'étais venu un peu plus tôt pour...

— Pour apporter un *Kougelhopf* à Zette, elle qui aime tant les brioches, elle sera aux anges ! s'exclame-t-il en essayant de replacer une mèche de cheveux.

Je suis un peu troublé, ennuyé de me trouver devant ce vieux colosse un peu débrayé et vêtu d'un pyjama aux boutons décalés. Il a l'air un poil essoufflé et affiche un léger sourire satisfait. Je me sens tel un gamin venant de découvrir que la chambre parentale ne sert pas qu'à dormir. J'ai une impression de déjà-vu tout à coup.

— Bien, je vais apporter son petit déjeuner à maman...

— Attends un peu, j'ai à te parler avant.

Gégé m'attrape par le coude et m'éloigne de la porte. Je le suis sans piper mot. Ensemble, nous rejoignons la salle commune. Une pièce très lumineuse encadrée de baies vitrées. Les résidents s'y retrouvent pour jouer aux cartes, lire et papoter autour d'une bière (proposée une fois la semaine pour satisfaire les amoureux de la petite mousse) ou d'une boisson chaude. Des tables sont dressées pour ceux qui ont choisi de manger au « restaurant » des Cigognes. Bon nombre des résidents ont décidé de ne plus utiliser le petit coin cuisine de leur studio, ou studette, vu la taille de la pièce avec kitchenette et salle de bains. Charmés par la cuisine de Mauricette, ils se réunissent dans la salle commune pour déguster les plats servis par Rémy.

— Assieds-toi gamin, on va casser la croûte ensemble.

— Je comptais le faire avec ma mère, si cela ne te dérange pas.

— T'en fais pas mon petit, ta maman va nous rejoindre, me taquine-t-il. Elle ne louperait pour rien au monde le *Tapalapa*[1] de Rémy.

Les *Tapalapas* en question ravissent plus d'une personne. Ce matin, quelques résidents sont déjà attablés et dégustent des tartines à la confiture. Le commis se lève aux aurores pour préparer sa pâte et garnir des viennoiseries de chocolat et de raisins secs. Ce dernier passe justement dans le couloir principal avec une caisse d'oranges.

---

1. Pain sénégalais.

Il me salue d'un hochement de tête avant de disparaître en réserve.

— Tiens, mange un peu, tu en auras besoin.

— Pourquoi ?

— Il va te falloir des forces pour nous gérer ce matin. Nous sommes bien requinqués avec tes cours.

— Vous ne parviendrez pas à m'épuiser...

— Va le répéter à Bernadette qui enchaîne les longueurs tous les après-midi. L'aquagym l'a délivrée de ses douleurs articulaires. Et moi, mon dos te remercie, cela fait une éternité que je n'avais pas été aussi...

Il marque une pause et rougit.

— Fringant ?

— Je n'osais pas le dire. Tu sais, les gens nous regardent et ne voient que des vieux avec nos problèmes de santé, nos rides et nos dentiers. Mais on a gardé notre âme de gosse, et le corps n'oublie pas les plaisirs de la vie.

— Je ne suis pas certain que seuls mes cours aient eu un tel impact sur vous...

— Tu as le triomphe modeste, et raison en plus !

Il coupe une petite baguette dans la largeur, la couvre d'une belle épaisseur de beurre et de cacao avant de la plonger entièrement dans son bol. Attentif, il scrute le pain qui boit son café au lait.

— Cet endroit est superbe. On a l'impression de vivre à l'hôtel. Restauration, piscine, jardin... Sur le papier, tout est parfait. En réalité, on s'emmerde. Rémy s'est donné beaucoup de mal pour insuffler une âme à ces murs, sans succès. La cuisine de Mauricette nous éveillait tout de même un peu, sauf que Mauricette elle-même était éteinte. Votre collaboration a tout changé ! Sa cuisine est devenue exotique, presque érotique...

J'avale mon café de travers et manque de m'étouffer.

— Il est clair que tu vois où je veux en venir, constate Gégé qui dévore sa tartine réduite en bouillie.

Je ne peux m'empêcher de sourire. Gégé entre dans la catégorie des gros trempeurs. Ceux qui apprécient le pain totalement imbibé de café. Un plaisir auquel mon père s'adonnait et que maman détestait. On dirait bien que papa a décidé de la taquiner en lui envoyant un ange gardien au dentier mal affûté.

— Je ne pensais pas aimer à nouveau et encore moins de façon passionnée. Au fil du temps, passée la soixante-dizaine, on ne pense plus à l'amour. On vit de tendresse, d'une douce affection, et les étreintes appartiennent définitivement au passé. Tous les anciens s'y font, la roue tourne. Pourtant les souvenirs demeurent, et parfois, au milieu de la nuit, quand on est seul dans un lit vide et froid, la solitude nous frappe plus fort.

Ma main tremble sur ma tasse. Je la serre avec un peu plus de force pour me donner de la contenance. J'ai l'impression d'avoir déjà eu quatre-vingts ans. C'était hier. Je me réveillais dans mon grand lit, seul, condamné à des heures de solitude et d'angoisse, à chercher le sommeil et à repousser les images d'un corps que j'avais tant étreint, tant aimé. C'est ça vieillir ? Vivre en étant condamné à la tendresse ? Combien de temps reste-t-il à la plupart des résidents ? Combien d'années à tuer le temps en tricotant, jouant à la belote et en regardant des émissions de télécrochet ? La monotonie est un fléau. Pourtant, lorsque j'observe autour de moi, je ne vois que des personnes souriantes, affables, discutant et riant comme si elles avaient toute la vie devant elles. Un vent de jeunesse souffle sur les Cigognes, libérant les retraités du carcan de la vieillesse.

— Tu peux être fier de toi, fiston. Tout le monde ne participe pas à tes activités, mais tous mangent au restaurant. La cuisine de Mauricette a gagné en saveur. Elle était délicieuse, à présent elle parle à l'âme bien plus qu'à l'estomac. Une bouchée de son pot-au-feu aromatisé à la cannelle et à la badiane nous emmène en voyage et bouleverse nos sens. Il y a de l'amour dans ses plats...

— Eh bien, Gégé, pour un bonhomme, tu as de la tchatche ! s'exclame maman qui s'assied à côté de moi. Je n'ai pas osé lui couper la parole pour ne pas vous déranger. Bon sang, tu parles bien, mon *Schötz*[1] !

Gégé lui envoie un baiser du bout des doigts.

Mais rapidement, maman redevient silencieuse. Elle grignote un morceau du *Kougelhopf*

---

1. « Chéri ».

que je lui ai apporté. Son regard s'éteint progressivement.

— Tout va bien maman ?

— Je ne sais pas quoi te répondre, *Oscarala*, je me sens bien et malheureuse à la fois. Je revis ici, mais je dois avouer que Mumu me manque terriblement. Elle est venue pendant quelques semaines, mais depuis peu, elle a lâché l'affaire. Je vois bien qu'elle a peur que je lui mette le couteau sous la gorge pour qu'elle vive avec nous.

— Tu pourrais revenir chez toi... Avec Gégé, tiens !

Maman laisse tomber sa brioche. Je suis autant choqué qu'elle. C'est sorti tout seul. Pas de syndrome du beau-fils jaloux. Gégé fait déjà partie de la famille et de mes plans pour la réunir.

— Tu le penses vraiment ? Tu sais, un seul homme a vécu avec moi.

— La maison ne t'en voudra pas. Et moi, je reste dans le coin. Maman, si tu as besoin d'aide, je suis là maintenant. Je n'arrive pas à concevoir que tu vives loin de tata Mumu et de l'endroit où j'ai grandi.

— Et les autres, qu'adviendra-t-il d'eux ?

— Tu crois vraiment que je vais quitter mon travail si tu décides de partir ? J'aime les Cigognes et j'aime ses résidents. Ne t'en fais pas, si tu rentres au bercail, moi, je reste ici.

Maman se rapproche pour prendre mes mains dans les siennes ; ses yeux brillent d'émotion. J'aimerais tant qu'elle me dise oui tout de suite, qu'elle approuve ma proposition, mais son regard me quitte pour observer les petits vieux qui se retrouvent dans le coin restaurant. Je sens son attachement envers ses amis. Les sœurs Brontë se sont assises juste en face de nous, le teint pâle ; elles boudent tandis que Louis s'épuise à leur presser des oranges. Maman leur adresse un signe de la main. Leurs visages s'illuminent aussitôt.

— On a besoin de moi, dit-elle d'une petite voix. Ce sont mes amis, j'habite ici, j'ai noué des liens...

— Maman, ta maison t'attend, et Mumu aussi.

— Mumu est trop attachée au matériel, tranche-t-elle. Le bonheur se construit partout. Tu l'as prouvé en redonnant un coup de jeune à ce lieu. L'âme se transmet là où l'humain décide de vivre et de créer son chemin.

— Tu illustres bien le sentiment que j'ai lorsque je suis chez toi. Qu'une âme est partie...

— Alors il reste une place à prendre. Nos maisons nous ont vus vieillir, une nouvelle génération doit lui transmettre son histoire...

— De quoi veux-tu parler ? Tu comptes la vendre pour de bon ?

— Je préférerais que tu y crées ton propre bonheur, tandis que je coulerai des jours tranquilles aux Cigognes.

— Et Mumu ?

— J'en fais mon affaire. Quand je suis partie, elle était folle de rage. J'avais besoin de tranquillité, et j'avoue que je ne supportais plus qu'Anthony se plie en quatre pour me soulager. Tu n'imagines pas ce qu'il a fait pour moi et pour tout entretenir. Il fallait que je vive ailleurs, dans un endroit où aucun jeune ne se sacrifierait pour une grand-mère.

— Ce n'est pas un sacrifice, mais de l'amour !

— L'amour et le sacrifice sont très proches, mon chéri. À trop aimer, on perd une partie de soi. Je ne voulais pas être un poids pour mon petit-fils. J'étais loin d'imaginer qu'une proximité avec des gens de mon âge serait enthousiasmante ; en tout cas, elle l'est bien plus depuis que tu travailles ici. Oscar, je me sens bien, c'était déjà le cas il y a quelques mois, et ça l'est bien plus grâce à toi.

— Tu es heureuse ?

— Comme jamais ! Tu as déjà vu une *Alti Trutzkopf* aussi bien gaulée ? Si je retourne chez moi, je vais perdre ma motivation. D'ici quelques mois, j'aurais perdu mon *Spack*[1] et je pourrais crâner avec les Brontë. On pourra même former un petit groupe de danseuses avec du bol ! T'en fais pas, mon *Oscarala*, je finirai par convaincre cette tête de mule de Mumu !

Je ne peux m'empêcher de sourire en imaginant ce que Mumu pourrait apporter en vivant aux Cigognes.

— Il va falloir de sacrés arguments pour qu'elle change d'avis, souligné-je.

— Et l'attirer jusqu'ici...

— Ou pas ! Tu sais quoi ? Le mieux serait que vous sortiez des Cigognes. Détente, vin et bonne

---

1. Lard, se prononce « chpak », utilisé pour nommer familièrement le gras du ventre.

bouffe au programme ! Mumu ne pourra pas refuser.

— J'ai l'impression que tu as déjà tout manigancé, *Hammel* !

— *Jo Hammel Tü* ! Ce n'est pas difficile de trouver quelque chose qui pourrait vous plaire à toutes les deux. Un cadre chaleureux, une choucroute à tomber, et je suis sûr que Mumu acceptera tout ce que tu lui proposeras.

— *Ho Gott* ! Tu ne penserais pas à Robbie et à sa merveilleuse choucroute ?

— Et pourquoi pas ?

Maman exulte et me saute au cou. Je l'enlace de toutes mes forces. Il y a de l'avenir pour elle et Mumu. Certainement pas là où elles ont vécu, mais dans un lieu où les petits vieux renaissent et goûtent à des plaisirs inespérés.

Je quitte maman avec le cœur léger. Souriant à la vie, à ce moment privilégié que je viens de partager avec maman, je traverse le couloir en caressant la rampe où des centaines de résidents se sont appuyés pour rejoindre les salles de jeux et le petit réfectoire. Et si tout pouvait changer ? Si les rampes devenaient des barres de danse ? Je vois déjà les sœurs Brontë appuyées aux barres, leurs longues jambes s'élevant avec grâce. La nage, la musique, la cuisine. Ce trio magique est une fantastique cure de jouvence.

Je reste un moment dans le couloir, observant les logements, imaginant les portes s'ouvrir avant le lever du jour, révélant les mamies, les cheveux en fouillis, le visage épanoui, comblées par leurs amants vaillants dans la force de l'âge.

J'ai le sentiment que le destin m'a poussé jusqu'aux Cigognes. Le contact avec les mamies et papis m'a redonné le goût de vivre. Cette maison de retraite est un phare pour moi, et je veux bien m'engager en tant que gardien. Maman a joué son rôle en me faisant venir, à présent elle peut retrouver son phare à elle, sa Mumu qui dépérit en son absence.

# 17

# L'auberge du bonheur

Plantée au cœur de la vallée de Munster, l'auberge Walch appartient définitivement au décor. Surtout en hiver, quand la plaine scintille d'une épaisse couche de neige et que le toit de la ferme s'habille d'un manteau blanc.

Je me sens chanceuse de retourner dans ce sanctuaire de la gastronomie. Il faut avouer que la maison est triste sans les visites incessantes de Zette. Habituellement, j'apprécie l'ambiance de l'Avent, surtout sous le toit de Mumu qui prépare des kilos de *Bredala* avec sa sœur. J'ai pris l'habitude de l'écouter siffloter de bonheur en malaxant la pâte à *Zimststernen*[1]. Et cette année rien, pas une chanson, pas même un parfum de cannelle ou d'anis. Zette est absente, tout comme les délicieux biscuits de Mumu.

---

1. Étoiles à la cannelle décorées d'une épaisse couche de glaçage royal, traditionnellement concoctées à Noël.

Retourner à l'auberge Walch est une merveilleuse idée. Pour la première fois, trois générations de femmes se trouvent dans ma minuscule bagnole. Camille est à l'avant, Mumu et Zette à l'arrière avec Lucie qui a pris place au milieu. Les mamies ont retrouvé le sourire, tout comme moi. Oscar est passé me voir il y a quelques jours pour me suggérer de passer l'après-midi avec sa tante et sa mère. J'imaginais manger un bon repas préparé par Robert Walch, le fermier-cuistot-grognon, mais Oscar m'a suggéré de profiter du spa – que le fermier déteste au plus haut point – et de me détendre avec les femmes de sa famille. Je n'ai pas hésité une seconde. Me délasser dans les bulles avant de boire une coupe de crémant et de déguster une tarte aux myrtilles ? Comme tout Alsacien qui se respecte, Robbie sillonne la route des Crêtes[1] pour cueillir ces précieuses perles mauves et les congeler afin de jouir de leur goût subtil et de proposer des pâtisseries tout au long de l'année. La tarte de Robert Walch est le saint Graal des touristes. Peu de personnes savent que le fermier quitte uniquement ses terres pour cueillir ce fruit emblématique de notre région. Il faut être fou pour refuser les « instants détente » concoctés par Elsa Walch ! Tout le monde se damnerait pour une part de tarte et un plongeon dans le jacuzzi. J'ai aussitôt accepté la proposition d'Oscar. La journée ne pouvait qu'être fantastique. Rendez-vous à 14 heures pour un bon spa

---

1. Route du massif vosgien.

et une dégustation de pâtisseries, puis direction le restaurant à 19 heures pour une choucroute avec Oscar. Planning parfait !

Nous y sommes. Je me gare sur le petit parking délimité par de simples rochers. Il va falloir marcher un peu dans la neige pour rejoindre l'entrée. Robert Walch ne veut pas que les voitures polluent ses terres. Il a demandé à sa sœur de créer un parking à cinq cents mètres de l'auberge afin que ses légumes ne soient pas importunés par les gaz d'échappement. Heureusement que Mumu et Zette ont de la force dans les gambettes ! Mes filles leur ont déjà proposé un bras, mais les deux frangines sont requinquées et décidées à rejoindre l'auberge par leurs propres moyens.

Nous avons chaussé nos boots pour l'occasion et enfilé des doudounes. Quand on va chez les Walch, il faut se préparer à tout. Robert est tout sauf commode, c'est aussi lui qui fait le charme du lieu... si on le connaît, et si on a eu l'honneur de goûter à ses merveilleux plats. Une seule bouchée de ses carottes vichy confirme la nécessité de cette petite balade dans la neige. Marcher nous ouvrira l'appétit.

Le chemin est plutôt bien dégagé. Elsa sait bichonner sa clientèle. Nous avançons dans une vallée enneigée, avec des forêts majestueuses à perte de vue. L'été, le décor se pare d'émeraudes et brille sous les feux du soleil. L'hiver, tout est de cristal et de diamant.

— Je suis tellement heureuse de revoir cette silhouette familière ! s'exclame Zette quand nous parvenons à l'entrée principale.

— Et moi de sentir la choucroute de Robbie le teigneux ! rit Lucie.

Un drôle de frisson me parcourt la nuque. Le genre de frémissement que l'on ressent devant une impression de déjà-vu. La façade de la maison familiale a une expression de tendre nostalgie. On la reconnaîtrait parmi des milliers. Les murs couleur de chaume barrés de colombages d'un beau marron foncé, l'imposante porte d'entrée en forme de fer à cheval, et puis la splendide girouette dont le coq tourne lentement sous le vent. Tout est merveilleusement typique et chaleureux. Les Walch ont entièrement préservé l'aspect intime de la demeure familiale ce qui lui confère une douce mélancolie.

J'avance doucement vers la porte principale, souriant à la vue du corps de ferme qui prolonge l'imposante bâtisse pour former une sorte de L. Je connais suffisamment les lieux pour savoir que les chambres de l'auberge commencent au début de la lettre et s'achèvent à l'entrée du coude. Ce dernier abrite le poulailler et l'écurie qui donnent sur le jardin et l'incroyable potager de Robert.

J'apprécie cette disposition originale. Tout est harmonieux. La maison se détache de la ferme et donne l'impression d'être encore habitée par les parents Walch. Au printemps, j'aime observer le balcon à l'étage qui s'orne de fabuleux géraniums. Quand on entre dans la demeure, on découvre d'abord un immense hall qui offre une vue plongeante sur le restaurant et la terrasse.

Tout a été déplacé de façon à accueillir du monde.

D'ailleurs, la dernière fois que j'étais ici, nous fêtions l'anniversaire de Zette. Elle adore venir à l'auberge. Zette a l'air d'une enfant la veille de Noël, et Mumu est tout aussi radieuse.

— Hello ! s'exclame une grande rouquine qui ouvre la porte principale.

Je pensais qu'Elsa, la sœur de Robert, nous accueillerait. Une Anglaise à l'accent prononcé la remplace.

— Bienvenues, mesdames ! Maggie à votre service. Vous avez réservé pour un « instant détente » et une « mise en bouche » ?

— Oui, parfaitement. Je risque de paraître indiscrète… où est passée Elsa ?

Le visage de notre hôtesse se fend d'un immense sourire.

— Elsa attend un heureux événement, elle est à la maternité en ce moment. D'ailleurs, ce n'est pas de tout repos pour moi qui dois gérer les réservations et ses sacripants de jumeaux !

Je reste bouche bée. J'ai souvent eu l'occasion de discuter avec Elsa et m'étais retrouvée dans son histoire. Je ne l'imaginais pas se remettre en couple, et encore moins léguer les clés de l'auberge à une étrangère. J'ignore où elle l'a dégotée, mais cette Anglaise au sourire contagieux doit lui apporter une belle clientèle. Rien à voir avec son ronchon de frère qui ose à peine saluer les habitués.

Maggie passe derrière le comptoir qui sert de bar et d'accueil et ouvre les placards d'un grand buffet en chêne pour en sortir des peignoirs et des serviettes qui sentent bon les huiles essentielles.

— J'imagine que vous faites partie des nombreuses amies d'Elsa, continué-je pour faire la conversation.

Maggie éclate de rire. Un rire puissant et communicatif. Décidément, la ferme est moins austère avec un tel phénomène.

— Je suis la petite amie de Robbie, rien à voir avec Elsa. Enfin si, *a little bit* quand même, une amie d'Elsa m'a invitée ici il y a presque deux ans ; je n'ai presque plus quitté la ferme depuis.

Au tour de Mumu et Zette de rire. Je comprends leur hilarité. La réponse de Maggie est totalement surréaliste. Robert en couple ? Autant dire que personne n'aurait parié dessus.

— Je veux bien passer une année ici ! s'exclame gaiement Zette. À coup sûr, le spa va m'enlever mes problèmes de goutte.

— Et moi je gagnerai dix ans de vie ! ajoute Mumu.

Maggie hausse les sourcils en déposant serviettes et peignoirs sur le comptoir.

— L'humour français reste une énigme pour moi...

— Veuillez les excuser, déclare gentiment Camille. Mes grands-mères ont l'habitude de manger ici, elles connaissent le cuistot et étaient loin de l'imaginer en couple...

— Encore moins avec une femme telle que vous ! coupe Lucie qui relance le fou rire de Mumu et Zette.

Je me raidis, de peur que Maggie ne le prenne mal, mais elle continue de préparer nos affaires tout en souriant. Un sourire tendre qui en dit long sur les sentiments qu'elle éprouve pour Robert.

— Ne riez pas trop fort, Robbie prépare son chou. Il a besoin de calme pour sortir Boucle d'or de son sommeil saumuré.

Un silence et des regards illuminés de surprise. Maggie connaît Robert bien mieux que nous. Elle sait qui se cache derrière ses manières rudes et sévères. Elsa m'avait confié qu'il parlait à ses légumes et les comprenait. Elle m'avait fait jurer de le garder pour moi, or il semblerait que les choses aient changé. Robert s'est dévoilé à Maggie et il ne se cache plus. L'Anglaise a su le mettre en confiance et ouvrir son cœur. Comme je l'envie soudain ! Il a dû lui falloir un courage et une patience d'ange pour briser le mur que Robert avait bâti entre lui et le reste du monde. Ce mur me paraît moins infranchissable tout à coup, et pourtant je doute de mes capacités à le démolir. Démolir, pour reconstruire. Je n'ai pas l'âme d'un agent de chantier. Je suis dans la création. Je ne peux m'empêcher d'associer la démolition à la souffrance. Voilà pourquoi je ne parviens pas à faire un pas vers Oscar.

— Venez avec moi, nous propose Maggie. Et dans le calme, s'il vous plaît. Les jumeaux font leurs devoirs.

— On dirait qu'elle a toujours vécu ici, chuchote Mumu.

— Robbie a trouvé une perle, souligne Zette.

Maggie, qui marche à mes côtés, sourit d'aise. Elle a l'habitude d'entendre ce genre de compliment, on le lit sur son visage. Les gens doivent être heureux pour Robert. J'imagine qu'avec un soupçon d'amour, sa cuisine doit être encore meilleure.

Nous passons devant la porte-fenêtre ouverte sur l'espace spa, puis nous longeons un petit couloir où se trouvent les premières chambres de l'auberge. Maggie tourne à droite et pousse une porte nous menant à une extension qui a été construite afin d'abriter un vestiaire commun. Elle allume la lumière. Nous découvrons avec stupeur que l'espace a bien changé depuis notre dernière visite. On sent qu'Elsa et notre hôte anglaise sont parvenues à convaincre Robert de rendre l'auberge plus moderne et accueillante. Il s'agit d'une sorte de petit chalet aux couleurs chaleureuses. Des bancs en bois en font tout le tour ainsi que des placards sans cadenas. Deux douches modernes ont été ajoutées, et un petit sauna. Elsa a enfin pu s'investir entièrement dans ses « moments détente ». On trouve même une petite touche de Robert. Sur une desserte en bois sont posés un *Kougelhopf*, des *Spitzbuebe* en forme de cigognes, ainsi qu'une théière marocaine. Pour ce qui est du thé, j'ignore qui l'a apporté ici, mais son parfum de menthe et de miel me transporte déjà en Orient. Ce petit mélange des cultures est un appel à la gourmandise et mes filles se sont déjà attablées pour se servir un verre avec des gâteaux.

— J'espère que ces mises en bouche vous plairont. Des chaises ont été disposées dehors pour étendre vos peignoirs. Passez un bon moment, déclare Maggie en nous quittant.

— Incroyable ! s'exclame Zette. Les lieux sont méconnaissables.

— Je reconnais les biscuits de Robert, pour le reste, je suis bouche bée, complète Mumu. Habituellement, il aurait râlé et refusé de dénaturer la ferme. Je n'imagine même pas ses colères avec le bruit des travaux !

— Il a certainement déplacé ses chèvres et son poulailler pour que ses bêtes ne soient pas incommodées, je ne vois pas d'autre explication. *Jesus Gott !* Robert a fait passer le confort de sa clientèle au même niveau que celui de ses bêtes et que son potager ! On sent que Maggie l'a changé.

— Pour le meilleur ! dit Lucie qui croque dans un *Bredela*. Ses *Spitzbuebe* étaient déjà mes préférés, là ils dépassent les anciens. La confiture de fraises est merveilleuse.

— L'amour fait des miracles, concède Camille en croquant dans un biscuit. Oh pétard ! Moi qui adorais les *Bredala*, ceux-là ont un goût de paradis. Maman, il faut que tu y goûtes !

Ma tête les fait hurler de rire. Camille a habituellement un langage châtié, presque précieux : les biscuits de Robbie doivent être sensationnels pour qu'elle s'exprime de la sorte. Je me laisse tenter, et regrette aussitôt d'avoir succombé à la tentation. Ce n'est pas un simple sablé à la confiture, il s'agit d'un concentré d'amour.

Le biscuit est d'une infinie tendresse. Il fond dans la bouche. Robert est transformé. Dans ses gâteaux, nous sentions la passion d'un homme pour la terre, une force et une authenticité qui évoquaient le terroir alsacien. Cette authenticité n'a pas disparu, elle est restée intacte et s'est combinée avec une douceur fantastique. Le mariage des deux me fend le cœur. Et ma cuisine, qu'en est-il ? Que ressentent les résidents en la dégustant ? Serait-elle différente si je m'autorisais à aimer Oscar ?

Le cœur lourd, je me change et rejoins mes voisines qui se tiennent en peignoir devant la porte. Nous sortons. Par chance, nous n'avons que quelques pas à faire pour rejoindre le spa. Elsa a vu les choses en grand et a ajouté trois braseros traditionnels dont les flammes crépitantes réchauffent l'ambiance de la terrasse. L'un à la sortie des cabines, et deux autour du bain à bulles. Autant dire que malgré l'hiver, le cadre est très agréable et invite à se détendre.

Les *Tchaïs*[1] sont déjà dans l'eau. Je les vois à peine, car elles sont dissimulées par un voile de vapeur. Je retire mon peignoir et entre immédiatement dans le bain. La chaleur devrait détendre mes muscles, mais rien ne se passe. Je reste aussi raide qu'un piquet. Le goût du *Bredala* ne me quitte pas. Si Robert Walch, l'indomptable, l'incorruptible est parvenu à ouvrir son cœur et à aimer, ne serait-ce pas le signe que j'en suis capable ?

---

1. « Les nanas » en argot, se prononce « tch-aï ».

Je me glisse un peu plus dans l'eau pour me délasser. Mumu et Zette se collent à moi et passent chacune un bras autour de ma nuque.

— Ah l'amour ! s'exclame Zette. Pas facile de déclarer sa flamme quand on est timide et péto-charde, n'est-ce pas Momo ?

— Je ne vois pas où tu veux en venir.

— Tu croyais que l'on ne remarquerait rien ? s'étonne Mumu. Ton comportement a littérale-ment changé. Tu n'es plus la même avec Oscar dans les parages, et s'il s'absente, tu as ce regard de chien battu.

— Ouais, comme Snoopy ! se moque genti-ment Lucie.

— Droopy plutôt, corrige Camille. La com-paraison n'est pas particulièrement valorisante, mais je dois avouer qu'il y a du vrai. Tu es radieuse en présence d'Oscar et...

Je tape la main à la surface de l'eau pour qu'elles se taisent.

— *Vertomi !* On parle de moi ou on se détend ?

— *Yo Tü !* Toujours à changer de sujet, me taquine Mumu. Tu es assez grande pour tenter le premier pas. Oscar ne le fera pas. Ce n'est pas son tempérament.

— Donc ce n'est pas la peine de l'embêter.

Zette m'assène un léger coup de coude dans les côtes.

— Au contraire, ça en vaut la peine. Il a besoin de quelqu'un dans sa vie, d'une personne qui lui enlèverait cette fichue culpabilité. Il a trop peur de reproduire les mêmes erreurs...

— Tu vois, mam's, je ne suis pas la seule à vouloir te caser avec Oscar ! se défend Lucie.

— Oh toi, ne ramène pas ta fraise. Vous êtes toutes bien gentilles, mais je n'aime pas forcer les choses. S'il doit se passer quelque chose entre nous, ça arrivera, sinon tant pis.

— Seulement « tant pis » ? Tu n'essaieras même pas de lui révéler tes sentiments ? me demande Zette.

— Et qui te dit que j'ai des sentiments pour lui ?

Zette passe devant moi pour me prendre dans ses bras.

— Vu comme tu t'enflammes, le contraire m'étonnerait ! *Jesus Gott !* Qu'est-ce que vous faites ici ? s'exclame vivement Zette qui a une vue directe sur les vestiaires.

— À toi de nous le dire, tu nous poses un lapin à seulement trois jours de la kermesse et tu crois pouvoir t'en tirer ?

Je reconnais la voix de Bernadette. En me tournant, je la découvre avec les sœurs Brontë qui nous rejoignent en clopinant dans le froid. Nous nous serrons. Heureusement que le spa est assez grand pour accueillir six à huit personnes.

— Sérieusement, qui vous a emmenées ici ?

— Ton fils, pardi ! Il est dans la cave avec Gégé et le patron. Robert fait sa propre bière et propose une dégustation à la bonne franquette… Il va être rubicond ton Gégé en sortant de là ! répond Mireille.

— Quelle bande de machos ! râle Zette. On dirait que la bière est réservée aux bonhommes, moi, je ne cracherais pas sur une petite mousse, surtout si elle est réalisée par Robert Walch.

— En attendant, profite de cette mousse ! se moque gentiment Bernadette en lui soufflant quelques bulles au visage.

La suite se déroule à la manière d'un rêve d'enfant. Nous rions, nous amusant de nos différences d'âge et de nos centres d'intérêt qui ne changent pas malgré les années qui nous séparent. Ainsi, j'apprends que nos chères mamies regardent elles aussi *Grey's Anatomy* et entreprennent des débats interminables pour élire le plus joli fessier du cinéma. Un vrai duel se joue entre l'ancienne génération qui prône le petit cul de Mel Gibson, et mes filles qui vénèrent Tom Ellis, un bellâtre jouant le rôle de Lucifer dans une série éponyme. C'est à grand renfort de smartphone et de comparaisons que nous finissons par trancher pour le cul de Mel Gibson qui reste expressif en toutes circonstances. Rendons à César ce qui est à César. Mel peut être touchant ou drôle même avec les fesses à l'air, ce qui n'est pas donné à tout le monde.

En vivant avec Mumu, j'ai pris l'habitude d'avoir des fous rires car nous sommes sur la même longueur d'onde. Je pensais simplement que nous avions beaucoup de points communs, or les autres mamies me ressemblent tout autant. Ce moment passé avec elle m'évoque des soirées entre copines. Je ne pensais pas pouvoir autant m'amuser avec des amies de presque quatre-vingts balais.

— Vous avez vu le ciel ? La nuit tombe, on ne va pas tarder à aller se préparer pour l'apéro ! se réjouit Zette en sortant de l'eau.

Nous la suivons et filons rapidement dans les vestiaires pour nous rincer. Des biscuits nous attendent ainsi que quelques parts de tarte aux myrtilles et des coupes de crémant.

J'ai un peu de mal à profiter de l'instant. Mes amies m'ont chamboulée avec leurs insinuations. Je pensais passer une journée agréable, pourtant je me sens brisée de l'intérieur. Les anciennes douleurs sont éveillées. Dans ma vie sentimentale, je suis un cœur d'artichaut. Je n'ai eu aucun mal à faire le premier pas avec mes précédents conjoints et chaque fois, cela s'est soldé par un échec. Mes coups de cœur sont mauvais pour moi. Je ne veux pas prendre le risque de tout gâcher avec Oscar.

Je tente de garder le sourire au milieu de leurs rires. L'illusion n'est pas si mauvaise, car personne ne remarque mon désarroi. Mes filles improvisent un atelier coiffure et sont même parvenues à convaincre Mireille de défaire son chignon. Coiffée ainsi, cette dernière a un visage plus doux, moins autoritaire et froid. Thérèse a opté pour une coupe ébouriffée qui lui donne une allure plus décontractée. Les Brontë ont l'air apaisées, ce qui s'explique aussi par la douceur du crémant et des pâtisseries. Il n'y a rien de tel pour calmer l'âme et apporter une paix intérieure. Pour ma part, j'y suis presque insensible. Chaque bouchée m'accable et me rappelle la nécessité d'être aimée. Robert Walch n'est plus le même homme, et sa cuisine s'est métamorphosée.

La porte s'ouvre brusquement. Deux petits rouquins se tiennent sur le seuil, les bras croisés et l'air grave. Je reconnais les enfants d'Elsa, de vraies canailles ces deux-là.

— Tonton trouve que vous faites trop de bruit ! gronde Charlotte.

— Ses *Knacks*[1] ont mal au crâne et vont éclater. *Langsam*[2] là-dedans ! Sinon, on lâche Calimero ! complète David qui tape sur sa cuisse pour appeler l'énorme saint-bernard du cuistot.

Je dois me retenir de rire en voyant un molosse tout en mollesse jeter un regard abattu dans notre direction. Le pauvre toutou a pris un coup de vieux.

— Vous faites partie de la milice des saucisses ou quoi ? rétorque Lucie en riant.

— Eh ouais, la nargue Charlotte qui brandit un insigne en forme de *Kocheleffel*. La milice de la cuisine de tonton *Kopftomi*[3], rien que ça ! Nous sommes chargés de veiller au confort des légumes de notre tonton, si vous voulez manger une bonne choucroute...

— Nous ferons moins de bruit, lui assure Zette. Tu peux rassurer ton oncle, nous serons plus sages.

---

1. Saucisses traditionnelles à base de porc et de bœuf qui ont la particularité de faire « knack ! » quand on les croque.
2. « Doucement ».
3. Surnom donné à Robert par ses neveux dû à sa manie d'utiliser très souvent les jurons alsaciens, particulièrement *Vertomi*.

— Promis juré ? demandent en chœur les jumeaux.

— Au nom de la sainte choucroute de ton oncle, je le jure !

— Elle est convaincante, et puis personne ne rompt ce genre de promesse, déclare David.

Charlotte, en bonne représentante de la milice potagère, adresse un regard froid à chaque personne présente dans la pièce. Se faire enguirlander par une fillette, voilà une chose à laquelle je ne m'attendais pas !

Un peu plus tard, nous sortons pour rejoindre les hommes dans l'espace restaurant. La pièce a été décorée sobrement. La baie vitrée est parée de jolis rideaux rouges et verts auxquels est accroché du houx. Sur chaque table se trouve une belle sculpture en bois représentant un renne, un sapin ou une luge. Des branches de sapin ornées de boules dorées et argentées sont suspendues aux murs et un magnifique arbre de Noël trône près de la cheminée aux bûches crépitantes.

Une grande table a été dressée pour nous accueillir. Oscar, Gégé et Louis y grignotent quelques bretzels en compagnie de Robert Walch qui s'est assis pour boire une bière. Je ne l'avais jamais vu de si près. Habituellement, il ne quitte pas les fourneaux. Toutefois, il semble fidèle à lui-même. Silencieux, il écoute à peine le débit de paroles de Gégé qui lui raconte la fois où il s'est retrouvé torse poil sur un tracteur lors d'une fête de la bière à la frontière allemande.

Tout le monde en rit, sauf Robert. Le regard porté vers l'extérieur, pensif, il contemple la neige qui tombe sur la terrasse embrumée par les vapeurs du spa.

— Ah voilà les plus belles ! s'exclame Louis en nous voyant arriver.

Robert se redresse subitement, comme s'il avait pris une décharge électrique. Un peu blême, il saisit sa chope et quitte l'espace restaurant la tête enfoncée dans ses épaules. Là je retrouve le maître des lieux. Sa timidité maladive nous touche toutes, et personne ne se permet de lui lancer un bonsoir pour éviter de le gêner davantage.

Nous prenons place. Je m'arrange pour m'asseoir assez loin d'Oscar. Nous sommes suffisamment nombreux pour que je puisse me le permettre. Oscar est assis près du feu ; il regarde sa maman avec beaucoup d'affection. J'aime les hommes au cœur tendre, ceux qui couvent leur mère avec des yeux d'enfant et qui veillent à leur confort. Et crotte ! Voilà que je plonge à nouveau. Fort heureusement, la choucroute arrive sur un immense plateau en terre cuite. Un jeune homme d'origine maghrébine nous l'apporte. Je comprends maintenant d'où vient le délicieux thé qui nous a été proposé avant de nous baigner. Le changement a du bon. L'auberge s'est métamorphosée. De nouvelles personnes ont investi les lieux, apportant leur touche personnelle. Et dire que ma vie est la même depuis la naissance de mes filles. Rien n'a changé pour moi. J'ai choisi de ne plus prendre de risques, de vivre de choses simples et agréables. Il manque une pièce au puzzle de mon existence. Elle se trouve là, sous mes yeux, et je suis incapable de la saisir pour combler le vide de mon cœur.

— Maman, mange, il ne faut pas laisser ta choucroute refroidir, me conseille Camille.

Je n'ai pas vraiment d'appétit mais les effluves du chou et les rires autour de moi m'invitent à partager ce moment. Tout le monde a l'air conquis, charmé par le pouvoir de ce plat aux saveurs d'amour et d'amitié.

La première bouchée me fait verser une larme. Je ferme les yeux. Je peux voir Robert rincer doucement son chou, comme on lave les cheveux de la femme aimée. Tendrement, il passe ses doigts dans les fils d'or, les rinçant sous un léger jet d'eau pur pour préserver l'acidité du légume. Je ressens l'affection de Robert pour Maggie, mais aussi pour toutes les choses qui le rendent heureux. Son bonheur, je le déguste bouchée par bouchée, je le garde en moi en sachant qu'il finira par disparaître et me laisser un trou béant me rappelant que mon propre bonheur reste à construire.

Si Robert Walch, l'éternel solitaire, y est parvenu, pourquoi pas moi ?

# 18

## La danse du cygne

Je ne parviens pas à y croire. Hier, Mireille dégustait une choucroute dans la ferme des Walch. J'entends encore son rire et le timbre chantant de sa voix. Et pourtant, la Mort est passée cette nuit, rendant visite à la plus jeune des sœurs Brontë. Bonne joueuse, elle lui a laissé le temps de savourer un dernier repas, sans doute le meilleur de son existence, et de rire, chanter et s'épanouir avec ses amis. La fleur a éclos hier, dans la chaleur de l'auberge, dévoilant la beauté de ses pétales, diffusant son parfum de joie, avant de faner dans la blancheur incandescente de ses draps de coton.

Mireille n'est plus.

Je m'assieds au bord du matelas. Le silence règne dans sa chambre et dans toute la maison de retraite. La plupart des pensionnaires ont été mis au courant de son départ, et certains se relaient pour lui dire adieu.

Ce n'est pas dans mes habitudes de rester auprès des défunts. Je suis plutôt mal à l'aise face à un corps inerte. Concernant Mireille, je me dois de faire une exception.

Pendant sept ans, j'ai caché du chocolat dans les moindres recoins de cette pièce. J'ai joué au lièvre de Pâques des Cigognes, m'amusant à semer des indices pour égayer son quotidien. Certains chocolats ont-ils été oubliés ? Resteront-ils cachés ici, attendant qu'un nouvel arrivant les découvre et les déguste ? La solitude du chocolat ne fait qu'accroître ma tristesse face à celle de Thérèse. Elle est seule à présent, et va devoir consoler Louis, l'amant de sa sœur.

Je passe une main dans ses cheveux pour replacer une mèche invisible. Même dans la mort, Mireille demeure élégante. Allongée sur son lit, les mains croisées sur la poitrine, pâle, chétive, elle ressemble à une jeune fille.

— C'est pas vrai...

Je me retourne et découvre Oscar. Les yeux rougis, il ose à peine regarder le lit.

— Bonjour, Oscar.

— Je ne pense pas que le jour soit si bon, murmure-t-il d'une voix cassée.

Il a l'air abattu. Bien plus que je ne le suis. J'ai l'habitude de voir des personnes partir. Les Cigognes est un lieu de transit entre notre passage sur Terre et l'Au-delà. Les pensionnaires le savent bien, et ont choisi une escale agréable avant que le dernier train ne les emporte là où personne ne peut les rejoindre. Il s'agit d'une première pour Oscar. Au fond, la Faucheuse a été peu besogneuse ces derniers mois. L'accalmie nous a fait oublier le grand âge des résidents, nous illusionnant pour frapper plus fort en emportant Mireille.

— Elle est partie dans son sommeil, elle n'a pas souffert.

Oscar avance doucement. Pendant un instant, je crois qu'il va s'asseoir de l'autre côté du lit pour tenir la main de Mireille, or il se contente de s'adosser dans un coin, près du chevet où se trouvent une pile de mots croisés et quelques emballages de bonbons tout froissés.

— Oscar, la vie va continuer tout de même, les résidents ont besoin d'activité pour...

— Pour penser à autre chose, me coupe-t-il froidement. Je ne sais pas si j'ai le courage de rester ici, de m'accrocher à des personnes pour les voir partir subitement.

La fragilité d'Oscar m'ébranle. Je vois à nouveau l'ombre de l'homme qu'il a été. Je ne veux pas qu'il redevienne taciturne. J'apprécie trop son engagement envers les résidents, sa joie de vivre et sa volonté d'animer les corps abîmés par le temps. J'ose à peine le regarder tant il s'enfonce dans son coin, tel un enfant puni. Les larmes roulent sur ses joues.

Le crissement de *Schlopas* sur le carrelage nous fait tourner la tête. Bernadette se trouve sur le seuil. Vêtue d'un peignoir à fleurs, elle boit tranquillement son café avant de le poser sur la petite desserte à l'entrée de la pièce.

— Mireille m'avait souvent prévenue de la visite de notre amie encapuchonnée, déclare-t-elle en s'appuyant à l'encadrement de la porte. Elle avait du nez pour sentir sa venue. Cette fois elle n'a rien vu arriver.

— Votre amie ? Vous la nommez ainsi ? s'étonne Oscar en s'essuyant le visage.

Bernadette entre dans le petit appartement. Sereine, elle s'assied au bord du lit avant de poser une main sur celle de Mireille.

Elle agit de façon naturelle, comme si Mireille était là. D'une certaine manière, c'est encore le cas. Oscar ne peut s'empêcher de détourner le regard, et de serrer les dents à la vue d'un corps sans vie. Accepter la mort n'est pas dans ses principes. Je me sens proche de lui. Moi aussi j'ai du mal à accepter le cycle douloureux de la vie. Quand on travaille dans une maison de retraite, on doit s'y faire. Pourtant c'est impossible. Chaque perte est une blessure.

— Tu es trop jeune pour avoir ce point de vue, lui dit Bernadette qui a retiré ses hublots afin de les nettoyer avec un bout de son peignoir. Mireille n'est ni la première ni la dernière à partir. Qui sait, peut-être que mon tour arrivera demain ?

— Et vous dormez la nuit en ayant conscience que chaque jour peut être le dernier ?

— C'est justement parce que la vie est éphémère que nous en profitons davantage. Ta mère a eu une merveilleuse idée en te faisant venir. Jusque-là, la résidence était surtout un lieu d'attente. On vient ici pour finir ses jours paisiblement, sans être un poids pour ses proches. La Mort, on s'habitue très tôt à sa visite, et on la reconnaît quand elle croise la route d'un ami. Certains jours, il suffit d'errer dans les couloirs pour sentir son souffle froid. Parfois, on s'attend à ce qu'elle nous cueille, mais elle repart, laissant un camarade épuisé profiter d'une dernière journée à nos côtés. Ainsi va la vie. Nous sommes tous suspendus à cette visite, et nous l'acceptons bien mieux depuis que nos journées sont animées par vos soins.

J'ai l'impression qu'Oscar va se fondre dans le mur contre lequel il est appuyé tant il a l'attitude d'une personne qui aurait envie de disparaître. J'aimerais me lever, l'étreindre pour l'aider à tenir le coup, or je sens que mon geste serait maladroit. Bernadette s'en charge. Elle se lève et prend Oscar dans ses bras. Elle est minuscule et fait preuve de force face à ce géant trapu qui éclate en sanglots.

— Ne sois pas amer, tout le monde part un jour.

— Je ne sais pas si je serai capable d'accepter cette fatalité. Hier encore, Mireille riait avec nous. J'ai passé du temps avec elle, je me suis attaché et...

Bernadette pose un doigt sur les lèvres d'Oscar. Il se tait. Son regard empli de détresse plongé dans les grands yeux bleus de la grand-mère.

— N'en dis pas plus. Écoute, j'ai enterré mon mari et mon fils bien avant d'avoir ton âge. Parfois, la vie ne fait pas de cadeaux. Je n'ai aucune rancune envers la Mort. Elle m'a enlevé ceux que j'aimais le plus, l'amour que je portais aux autres elle me l'a laissé. Il est resté dans mon

253

cœur, vivant, puissant, et il m'a donné la force d'avancer et d'apprécier les moindres instants de mon existence. La vie est courte pour certains, mais elle demeure merveilleuse. D'autres ne savent pas la remplir et finissent vieux et aigris. Il ne faut pas vivre dans le regret. Remplis ta vie comme tu sais si bien le faire avec la nôtre. Mireille s'en est allée après avoir vécu une fantastique soirée. Elle ne pouvait espérer mieux.

Il hoche doucement la tête. Bernadette le réconforte d'un baiser sur la joue. Oscar semble un peu plus apaisé. Il ose même porter un regard sur le lit. Le calme est revenu. Pour un court instant, car Louis accourt dans l'appartement, le visage en sueur.

— C'est Thérèse, je l'ai vue se diriger vers la piscine, j'ai peur qu'elle fasse une bêtise.

Nous quittons la pièce et accourons à la piscine, suivis par tout le groupe de papis-nageurs qui ont été alertés. Oscar ouvre vivement la porte et s'arrête net. Thérèse est assise au fond de l'eau, les bras entourant ses jambes. Elle est vêtue d'une robe blanche qui flotte autour d'elle, pareille aux plumes d'un cygne.

Oscar s'apprête à sauter ; je l'attrape par le coude.

— Elle cherche uniquement le calme...

— Comment en être sûr ?

— Regarde ses mains.

Au fond de l'eau, Thérèse remue lentement les doigts tel un pianiste jouant une partition. Quel air joue-t-elle pour être si sereine ? Nous l'ignorons, ses gestes d'une grâce infinie nous indiquent que la musique qui l'habite est de toute beauté.

Le temps semble s'être arrêté. Penchés au-dessus de la piscine, nous voyons Thérèse remonter à la surface. Sa robe tournoie lentement autour de ses longues jambes. J'ai l'impression de voir un lys flotter à la surface d'un lac. Un lys qui s'ouvre et se transforme en oiseau.

Les bras au-dessus de la tête, le regard empli de douceur, elle effectue une arabesque. Les notes du *Lac des cygnes* m'envahissent. Je revois la chorégraphie finale, le déchirement du personnage. Thérèse la reproduit à l'identique. L'ancienne ballerine est transportée par la musique vibrant dans sa mémoire.

Elle danse, elle joue avec l'eau et ses vibrations à la façon d'un cygne battant des ailes. Le surnom que nous lui avons donné prend tout son sens. Elle est une sœur Brontë. Une entité romantique d'une beauté inouïe. Je ne vois pas une vieille femme, je ne vois plus que l'expression d'un amour infini. Le cygne blanc a perdu son alter ego. Le cygne noir est couché dans son lit immaculé, et pourtant, le cygne blanc danse et vit, intensément.

La mélodie m'envahit à mon tour. Elle se transmet à chacun de nous. Les notes du piano sont fragiles, à l'image du corps de la danseuse qui tourbillonne dans un fantastique ruissellement d'eau. Cette fois les cuivres s'affolent, elle plonge dans l'eau et tourbillonne les mains jointes en une prière.

Thérèse est un symbole de vie et de résistance. Elle ne se laissera pas dominer par le chagrin. Elle va vivre encore, pour danser et nager au son de la mélodie qu'elle garde dans sa mémoire.

# 19

# Cotillons et barbes à papa

La maison de retraite a des allures de fête foraine. Des dizaines d'enfants bondissent dans des sacs à patates et font la course avec les résidents en fauteuil roulant. Momo a récupéré des dizaines de sacs ces dernières semaines pour organiser des jeux dignes de ce nom. Je retrouve totalement l'ambiance des fêtes de fin d'année scolaire. Combinée avec l'esprit de Noël, c'est juste jubilatoire.

Les tables du restaurant ont été retirées afin d'aménager des stands de jeux autour d'un immense sapin. Anthony tient un espace consacré au chamboule-tout en compagnie de Rémy qui distribue des chaussettes garnies de papier journal. En face d'eux, Julie propose des jeux de découvertes gustatives. Elle a passé toute la matinée à extraire des jus de fruits et de légumes afin de les faire goûter aux résidents qui doivent découvrir les bonnes saveurs afin d'obtenir une part de gâteau au potiron. La diététicienne a enfin enterré la hache de guerre et use de ses connaissances pour proposer une activité ludique et saine, pile dans ses cordes.

— Pas trop nerveux ? me demande Mauricette alors que j'attends Rémy et Anthony pour commencer le spectacle.

— *A Bessala*…

— Je vois que tu emploies de plus en plus de vocabulaire alsacien, tu vas finir par perdre ton accent de Parigot !

— N'essaie pas de me troubler avant le spectacle, je suis imperturbable.

— J'ai croisé Zette, je crois que Gégé lui a rendu visite durant la nuit, elle avait…

Je pose une main sur sa bouche, elle se retient de rire.

— Pas si imperturbable, me taquine-t-elle.

— Tu as gagné, *Maïdala* !

Elle me colle un petit bécot sur la joue et glisse une sucette à l'églantine dans ma main.

— Un *Schmoutz* pour te souhaiter bonne chance, et un peu de sucre pour te requinquer. Tu peux être fier. Toute ton équipe est sur le qui-vive. Tu leur as donné l'occasion de s'amuser et de montrer qu'ils peuvent se dépenser malgré leur âge. N'oublie pas que tout ce que tu vois aujourd'hui, toute la joie présente sur les visages qui nous entourent est le fruit de ton investissement.

— N'oublie pas ta participation, madame Modestie.

— Madame Modestie ? Je pensais plutôt être une madame Manque de confiance !

— Tu es les deux à la fois, incapable de percevoir tes qualités. Regarde les gens se régaler avec tes confiseries. Tu as un talent fou, même Robert Walch craquerait pour tes friandises !

— Robert mange uniquement le fruit de son potager, il est impossible...

Elle porte une main à son cœur. Je viens de lui montrer l'ami Robbie se régalant avec des chouchous à la châtaigne. Il reste à moitié dissimulé derrière le stand de Julie et observe Maggie qui s'éclate avec le chamboule-tout.

— *Vertomi !* Si on m'avait dit que celui-là accepterait de sortir de chez lui !

— Le parfum de tes confiseries lui a indiqué le chemin des Cigognes...

— Dis plutôt que tu l'as invité, ce serait plus crédible.

— Pour tout avouer, je lui ai offert un ballotin avec quelques friandises lorsque nous sommes allés chez lui. Je me suis dit que Mumu et Zette apprécieraient que leur fermier préféré leur rende visite.

— Tu es incorrigible !

— Je sais, je ne peux m'empêcher de faire découvrir tes créations. C'est plus fort que moi. Engage-moi pour ta promo, je suis ton homme !

— Ma promo pour quoi ? Je bosse dans une maison de retraite.

— Un tel don se doit d'être partagé...

Ma voix est couverte par le son des djembés. J'exulte. On y est ! La cinquantaine d'invités cesse ses jeux et activités pour regarder Anthony et Rémy qui traversent le grand couloir en jouant l'air de « We Will Rock You ».

— Tout le monde à la piscine ! chantent-ils en reprenant le rythme de la chanson.

Les gens les suivent en tapant des mains. La magie opère aussitôt. En même temps, j'ai rarement vu un public réfractaire à cette chanson. Je rejoins mon fils. Je suis fier de marcher à ses côtés. Son sourire est lumineux. Mon bonheur est entier. Voir Anthony heureux est ma plus belle réussite.

Nous arrivons à la piscine. Iris, Julie et Momo se chargent de placer le public sur les chaises disposées autour du bassin. Mon fils continue de galvaniser les spectateurs et s'amuse en tant que chauffeur de salle. Les bambins ont rejoint le château gonflable et la pêche aux canards supervisés par des aides-soignants ravis de cette nouvelle occupation. Tout fonctionne parfaitement.

L'air de « We Will Rock You » résonne dans toute la piscine. Entendre Queen dans une maison de retraite ? Rien de plus naturel. Il suffit de voir les anciens taper des mains pour comprendre qu'ils ont le rock dans la peau.

Ravi de constater que la musique motive notre public, je retrouve mon petit groupe en coulisse. Ils m'attendent tous dans le vestiaire. Vêtus de débardeurs rouge et blanc aux couleurs du drapeau alsacien, mon équipe a belle allure. Je sens toutefois une légère inquiétude, surtout chez Bernadette qui nettoie frénétiquement ses hublots.

— *Hopla*, les jeunes, vous êtes prêts ?

— Plus que jamais ! s'exclame Louis. Je vais montrer à ma fille de quoi je suis capable !

— Mes arrière-petits-enfants ne voudront pas croire que ce bellâtre est leur *Papapa*[1], se réjouit Gégé qui gonfle fièrement le torse.

L'ambiance est bon enfant. Toute la fine équipe est maquillée. Thérèse finit d'appliquer une couche de blanc sur le visage de maman. On se croirait vraiment à un spectacle scolaire.

— Je tiens à vous féliciter. Vous avez tous dépassé vos peurs et vos petits bobos. Je suis convaincu que la moitié des gens présents ne se défoulent pas autant que vous. Et pourtant, vous avez le double de leur âge. Gardez la tête haute, affichez un sourire fier, et amusez-vous ! Compris Bernadette ? On s'éclate !

Bernadette envoie valser ses lunettes.

— *Vertomi !* J'ai bien plus d'allure sans ces horribles culs de bouteille !

— Tu es presque aveugle sans tes lunettes ! s'étonne maman.

— Je connais la chorégraphie par cœur. Pas question qu'on me traite de vieille chouette, et puis je serai plus à l'aise si je ne vois pas le public.

La porte s'ouvre sur Anthony qui glisse la tête pour nous annoncer que nous sommes tous attendus. La clameur de la foule est enivrante. Elle me rappelle l'époque des compétitions de natation. On y est. Je suis passé de l'autre côté, et aujourd'hui mon plaisir est décuplé car je vois la joie naître sur le visage de tous mes poulains.

---

1. « Papi ».

Nous sortons du vestiaire. Rémy allume la radio. Les enceintes font trembler les murs et enjoignent les gamins de rejoindre leurs parents pour profiter du spectacle. Et il y a de quoi voir ! La petite troupe se dandine fièrement et saute à l'eau. Les femmes devant, les hommes derrière. Je leur lance à chacun une frite. Et c'est parti pour un jeu de percussions intense accompagné par Freddie Mercury qui enflamme les haut-parleurs qui grésillent.

Le spectacle est à la fois surprenant et hilarant. La chorégraphie est maîtrisée. Après des semaines d'entraînement, tout le monde tient à sa place. Et voilà que tous les hommes s'alignent et écartent les jambes pour que les filles passent en dessous en brasse coulée. Maman est la première à plonger et ressort en sautant dans les bras de Gégé qui la soulève façon *Dirty Dancing* avant de se rétamer dans la flotte dans un fou rire collectif. Le tour de Bernadette et Thérèse est arrivé. Elles plongent toutes les deux et passent sous les jambes de Louis qui les fait sortir de l'eau avant d'entamer un rock entraînant avec ses deux danseuses.

Le public se régale et tape des mains. Mumu, assise à côté des filles de Mauricette, jubile et siffle entre ses doigts. On croirait voir une ado à son premier concert de rock. Je lève la main vers Rémy pour qu'il change de chanson et adresse un signe discret à Gégé. Ce dernier se rue sur l'échelle, sort de l'eau, gonfle le torse et se le frappe avec vigueur au rythme des notes comiques de « Tarzan Boy[1] ». D'un geste viril, il déchire son marcel rouge et le lance dans la foule. Sur son torse, en lettres noires, on peut lire : « Mumu ! Viens vivre avec nous ! »

Mumu fait les gros yeux. Je dois réprimer un rire devant son expression tant elle est choquée. Louis sort de l'eau à son tour et retire son débardeur dévoilant un « on s'éclate ici » tandis que les femmes tapent des mains et scandent un « Mumu ! Mumu ! » bientôt répété par tout le public.

Je la rejoins et lui tends la main.

— Allez tata, tu seras bien parmi eux.

— *Kopfklemi*, Oscar, *ehr hann Mayala[2]* !

Elle rit de bon cœur et se lève vivement. Je m'attends simplement à ce qu'elle nous donne sa réponse, mais elle me surprend en passant devant moi pour sauter dans le bassin et prendre sa sœur dans ses bras. La réponse est sans appel, Mumu s'est jetée à l'eau.

J'écrase une larme en voyant ma tante et maman enfin réunies. Quel que soit le lieu, l'important est qu'elles passent de belles années à s'amuser ensemble.

Le spectacle étant fini, Iris invite tout le monde à retourner dans la grande salle de réception où un orchestre joue de la *Humpapa[3]*. Des couples

---

1. Chanson de Baltimora.
2. Littéralement : « Vous avez des fleurs au cerveau ! » Utilisé pour dire : « Vous êtes tous cinglés ! »
3. Musique folklorique alsacienne souvent présente lors des bals et festivités.

de danseurs folkloriques ont même été invités à l'occasion et occupent une petite scène montée sous le sapin. Robert Walch et Maggie sont les premiers à céder à la magie de la danse. Ils sont adorables tous les deux, à valser joue contre joue comme au bon vieux temps.

Les couples se forment au son suranné des accordéons. J'apprécie ces mélodies venant d'un autre temps. Ces airs de bal musette sur lesquels dansaient nos aïeux. Iris, notre bienfaitrice, a eu une merveilleuse idée en invitant ce groupe qui joue « La Valse à mille temps » de Brel. Radieuse, elle danse au bras d'un résident que je voyais souvent de bon matin, appuyé à son déambulateur, le regard dans le vague. La danse lui a fait abandonner son chariot, et le contact avec une aussi jolie jeune femme, vive et pétillante, lui donne des ailes. Bernadette a raison. Les anciens doivent remplir leur vie à chaque instant, la savourer pleinement pour ne rien regretter quand leur amie encapuchonnée viendra les chercher. Le sourire aux lèvres, ils pourront partir sereinement, portant un regard apaisé sur ce qu'ils laissent derrière eux.

J'étais de ces personnes pendant trop longtemps, et à présent, je savoure un bonbon à l'églantine en les regardant danser. Je me sens con tout à coup. Je ne devrais pas rester planté ainsi. Pas après le discours de Bernadette. Le chef d'orchestre doit ressentir la musique et bouger avec elle. Je ne résiste pas à l'envie d'inviter à danser Mauricette, qui était en pleine discussion avec tata Mumu.

— Je peux te l'emprunter ?

— Avec plaisir, *Oscarala*, dit-elle avant de m'embrasser la joue. Et merci de m'avoir convaincue.

Je l'embrasse à mon tour.

Mauricette m'accompagne sur la petite piste de danse. Elle est un peu nerveuse et je dois lui prendre les mains pour qu'elle les noue à ma nuque. Son regard brille un peu trop. Elle est émue, une forme de tristesse s'est glissée dans ses prunelles.

Je l'entraîne doucement sur les notes de « La Vie en rose ». Elle ne parvient pas à se détendre, ni à suivre mes pas sans me marcher sur les pieds. Mauricette est tendue, crispée, en désaccord avec l'atmosphère festive qui nous entoure.

— Et maintenant, que se passera-t-il pour nous ? finit-elle par me demander.

Je fais un pas en arrière, craignant de lui écraser les pieds tant je suis surpris par sa question.

— Pour nous ?

— Oui. Mumu va vivre ici, et toi tu vas faire quoi ? Tu comptes continuer à dormir dans la chambre d'amis ?

— Mumu a toujours affirmé que cette maison serait la tienne le jour où elle la quitterait. Je ne vois pas ce que tu ferais d'un locataire en plus. Je vais vivre en face de chez toi avec Anthony, c'est une nouvelle chance qui s'offre à moi. Je vais rattraper le temps perdu, et nous serons d'excellents voisins !

Mauricette soupire. Elle pose sa tête contre mon épaule et reste silencieuse. J'imagine qu'elle doit être bouleversée à l'idée de vivre « seule » avec ses deux ados. Ses filles ont vécu leur enfance avec Mumu et Zette. Elles passaient d'une mamie à l'autre étant petiotes. Les choses ont changé, et Mauricette va devoir s'adapter à un nouveau train de vie qui ne sera plus rythmé par deux grands-mères malicieuses.

Dorénavant, la maison tout entière sera celle de sa locataire. Mauricette et ses filles vont certainement quitter l'étage pour profiter des autres pièces. Je me sentirai étranger. Rester chez elle serait incongru. Momo a enfin l'occasion d'être indépendante. Cette colocation a assez duré. Elle a besoin de s'émanciper et de quitter son image d'éternelle célibataire vivant chez une mamie. Avant de vraiment la connaître, je la voyais ainsi. Cette image lui collait à la peau. Et je pense qu'elle l'empêchait d'avancer et de se construire. Quoi qu'elle en pense, je sais que Momo ne peut pas vivre sans l'amour d'un homme, et si je reste auprès d'elle je l'empêcherai certainement de faire une belle rencontre. Mon amie mérite d'être aimée, d'être vue comme je la vois.

— Ne t'en fais pas, je suis convaincu que ce changement te sera profitable. Saisis ta chance, tu as enfin l'occasion d'avoir un véritable chez-toi et de vivre totalement seule. On peut dire que tu t'émancipes.

— Tu penses que je suis une éternelle ado ? riposte-t-elle.

Ses mains tremblent sur ma nuque. Je l'ai blessée avec ma maladresse.

— Je ne suis qu'un *Kloufi*. Je m'exprime mal.

— Et moi je suis hypersusceptible, on n'est pas aidés !

— La maison de ma tante a besoin de toi. Avec tes filles, vous pourrez vivre sans être les unes sur les autres et en exploitant tous vos talents en toute liberté. L'espace est essentiel à la créativité, profitez-en.

— Tu as déjà pensé à tout, on dirait.

— J'ai grandi dans cette maison, et je ne peux que me réjouir de savoir que tu vas lui redonner un coup de jeune. Elle le mérite, et toi tu mérites d'avoir un espace bien à toi.

— J'étais bien dans mon appartement…

— Arrête donc, c'était trop petit pour vous trois. Vous êtes les unes sur les autres. L'intimité te fera du bien, tu n'es pas obligée de n'être qu'une maman. Tu as le droit d'avoir un endroit bien à toi et de pouvoir circuler tranquillement. Tu imagines ? Les gamines à l'étage, et toute une cuisine rien qu'à toi ! Lucie pourra monopoliser celle du haut pour ses expériences culinaires sans empiéter sur ton espace. Ne me dis pas que tu n'es pas enchantée par une telle opportunité ?

Momo ne prononce plus un mot. On dirait une petite fille effrayée par sa rentrée des classes. Un monde nouveau s'ouvre à elle. Il y a de quoi être chamboulé, d'autant plus qu'elle n'a jamais quitté l'étage de ma tante.

Elle garde sa joue contre mon épaule. Je me sens bien, tout près d'elle. Ma petite Momo, aussi tendre et sucrée qu'une guimauve. L'affection que je lui porte déborde. J'aimerais la serrer contre moi, mais elle est encore fragile.

— J'ai tant de chance d'avoir un ami d'une telle bienveillance.

— Je ne le serais pas si ce n'était pas réciproque.

Ma joue contre la sienne, je l'entraîne dans une douce valse. J'ignore si elle ressent la même chaleur que celle qui envahit mon corps. La réprimer serait une erreur. Je me sens incroyablement serein. J'aime la présence de Momo, la douceur de sa peau contre la mienne. Je ferme les yeux et continue de la guider au son des accordéons. Je ne pensais pas que j'aurais le courage de danser à nouveau avec une femme. Il ne s'agit pas de n'importe quelle femme. L'amitié de Mauricette est un cadeau précieux. Elle est ma première amie. La première femme avec laquelle j'entretiens une relation purement platonique. Une relation basée sur l'entraide, le partage et le dialogue.

— Merci pour tout, Momo.

Je lui embrasse tendrement la joue, appréciant la façon dont sa peau semble frémir au contact de mes lèvres. Troublé, je recule légèrement.

— Que se passe-t-il ?

— Je suis juste ému. Sans toi, rien de tout cela n'aurait eu lieu. J'ai une chance inouïe de t'avoir. Je ne pensais pas que mon meilleur ami serait une femme.

— Et moi un homme, dit-elle en se rapprochant pour me serrer dans ses bras.

# 20

## *Gleckika Wianachta*[1]

La maison de Mumu revêt les couleurs de Noël. Tout est simple, tendre et enfantin. Tout a une saveur de fêtes passées où l'on se délasse près de la cheminée à boire des tisanes à la cannelle. De mon appartement, je sens les effluves des *Fleischschnacka* dorés au beurre. Mumu est aux fourneaux avec sa sœur. D'ici une petite demi-heure, nous nous retrouverons dans sa salle à manger pour partager le repas de fête. De mon côté, j'achève de démouler ma deuxième terrine de poisson sous le regard amusé de mes filles qui rivalisent d'imagination pour me déconcentrer.

Armée d'une louche, Lucie s'amuse à me chatouiller l'aine tandis que je me tortille pour éviter de renverser mon moule à cake.

— Préparez donc les cocktails au lieu de m'embêter !

---

1. « Joyeux Noël ».

— Ils sont prêts, me nargue Anthony qui sirote une coupe de champagne à la crème de myrtilles.

— *Kopfklemi* ! Si tu t'y mets aussi, je vais devenir chèvre !

Ce dernier, qui vient d'entrer dans ma cuisine avec Rémy, s'excuse en me tendant une magnifique *Weinachtstern*[1], ma fleur préférée.

— Je vois que mes filles t'ont mis au parfum pour me satisfaire.

— Même pas ! Mon père m'a conseillé d'en acheter une pour décorer la table du réveillon. On n'avait pas de sapin, mais papa achetait une fleur de Noël.

— Et il est où en ce moment ?

— Il donne un coup de pouce à tata Mumu et mamie Zette...

— Dis plutôt qu'il est en train de goûter à leur festin ! se moque Rémy. J'ai jeté un œil par la fenêtre de la cuisine, il était occupé à manger plus de toasts qu'il n'en garnissait !

— Il gagnera une bouée en plus pour éviter de couler, se moque Anthony qui passe un bras autour de mes épaules avant de m'embrasser la joue. Joyeux Noël, Mauricette ! Je suis tellement heureux que nous soyons enfin réunis.

— Moi aussi mon grand, murmuré-je en le serrant dans mes bras.

Je suis soulagée pour lui. Chaque année, les fêtes étaient moroses. Cette fois, tout a changé. Je n'ai jamais été aussi joyeuse à l'approche des

---

1. « Étoile de Noël ».

fêtes. Préparer la kermesse pour mes petits vieux m'a donné de nouveaux objectifs. Je me sentais seule les années précédentes, or Oscar est parvenu à combler ma solitude. J'ai pris un plaisir fou à observer les résidents s'épanouir en préparant les décorations festives, et bien plus encore à suivre l'évolution du groupe d'aquagym dont le spectacle final a été une réussite. Un spectacle qui annonce la fin de mon mode de vie aussi. Mumu va vivre aux Cigognes. Qui aurait cru que tout changerait si vite ?

— Maman, tu devrais t'habiller, ils s'agitent en bas, à mon avis tout est en place, me conseille Camille.

Je quitte les bras d'Anthony et vais dans la salle de bains. Les jeunes se précipitent dans les escaliers pour rejoindre Zette, Mumu et Oscar qui sortent de la cuisine. De fantastiques parfums s'en échappent et envahissent mon appartement.

Je m'habille rapidement, trop pressée de les retrouver. J'enfile des collants noirs avec un effet brillant ainsi qu'une robe chemise d'un beau vert émeraude. Je reste un moment devant le miroir, me demandant quoi faire de mon imposante tignasse. Je finis par laisser mes cheveux détachés, au naturel. Au diable les conventions ! Nous sommes entre nous, et Oscar a bien plus l'habitude de me voir ainsi que sur mon trente-et-un. Oscar. C'est plus fort que moi, je suis obligée de m'inquiéter de la façon dont il me perçoit. Je prends une grosse bouffée d'oxygène et file dans les escaliers sans jeter un œil au miroir. De toute façon, si je continue je ne vais plus oser descendre. J'agis ainsi quand je veux plaire à quelqu'un. J'ai tellement la trouille de ne pas être présentable que je préfère ne pas me présenter. Je suis une pro du lapin. Sauf que le lapin est dans la marmite de Mumu ce soir, et il est hors de question que je ne lui fasse pas honneur.

— Ah, voilà la plus belle ! s'exclame Zette au moment où je pose le pied sur la dernière marche.

Je rougis. J'ai tellement chaud tout à coup que je vais me liquéfier sur place ! Tout le monde est assis autour de la table basse couverte de victuailles. Ils semblent tous occupés à chiper des toasts au foie gras et des roulés au caviar de patate douce, tous sauf Oscar qui me fixe, assis au bord du canapé.

Je n'ose plus faire un pas. Il se lève et me propose son bras pour m'emmener auprès des convives.

— Maman a raison, tu es magnifique ce soir.

Mes joues ont certainement viré au rouge pivoine. Je n'ose pas lui retourner le compliment. Contrairement à moi, Oscar a fait un sacré effort en enfilant une belle chemise bordeaux, une cravate noire et un pantalon assorti. Il a même ciré ses souliers. Moi qui ai l'habitude de le voir en jean et pull, je ne peux réprimer un léger rire surpris à la vue de ses cheveux peignés et coupés.

— Je suis tellement ridicule ? Je vais chercher mon maillot de bain si tu préfères.

— Je fais pâle figure à côté de toi, tu es si élégant.

— Tu l'es aussi, sauf que tu n'en as pas conscience. Madame Manque de confiance, dit-il en m'embrassant la joue.

Son baiser est doux. Tendre comme celui d'un enfant. Un baiser d'ami qui me chamboule et me pousse à m'asseoir près de l'ancestral *Kochelofa*[1] allumé et décoré pour l'occasion. Je m'installe sur la faïence verte, espérant me fondre dans le décor tant je suis secouée par les pensées qui m'envahissent. Oscar n'est pas prêt à aimer. Il me l'a dit plus d'une fois. Je n'ai pas le droit de me jeter dans ses bras, encore moins le soir du réveillon.

Il a toujours détesté les fêtes, mais ce soir, tout est différent. Oscar sourit, il rit aux blagues de Lucie et se délecte des toasts préparés par Mumu. Tout est si doux. La chaleur du *Kochelofa* m'apaise. Je suis spectatrice du bonheur des autres et m'en repais en les observant. Je ne pensais pas devenir ce genre de personne. Moi qui suis encline à participer à la fête, à rire et à chanter à la moindre note de musique, me voici assise, sereine, appréciant l'instant sans le forcer, sans surjouer. Je suis juste moi. Une femme tranquille, apaisée par la vision d'une famille unie. Rémy et Anthony rayonnent. Le couple est détendu, heureux de fêter Noël sans

---

1. Imposant poêle à bois recouvert de carreaux de faïence. Des assises sont présentes tout autour ainsi que des compartiments pour réchauffer des plats.

avoir à dissimuler leur amour. Zette et Mumu rient aux blagues de Gégé qui roule des mécaniques et rappelle qu'il a failli se démettre une épaule en tentant la technique du porté. S'il savait que je l'avais vu ! Chacun s'y retrouve. Mes filles sont en conciliabule et chuchotent en observant le sapin encore nu et au pied envahi de cadeaux. On dirait qu'elles s'impatientent à l'idée de déballer les leurs. En les regardant, je vois les petites filles qui ont grandi à l'étage de la maison de Mumu. Des gamines qui ont poussé et qui vont bientôt déployer leurs ailes.

Nous décidons de nous mettre à table. Oscar s'assied en face de moi. Je garde mes yeux rivés sur mes *Fleischschnacka*. Je n'arrive pas à lui adresser la parole, pas avec les pensées qui m'envahissent. J'aimerais les chasser. Peine perdue. Oscar me plaît. Ce soir encore plus que les autres jours. Les sentiments que j'enfouis dans mon cœur y tambourinent. Je n'entends plus que ses battements fous, furieux de ne pouvoir s'affirmer.

Et si Zette avait raison ? Si son fils éprouvait quelque chose pour moi ? Je lève les yeux de mon assiette. Nos regards se croisent. Il ne dit pas un mot. Il a compris que j'étais troublée et n'ose pas m'embêter davantage. Je lui souris nerveusement avec l'espoir d'une ado souhaitant qu'on la fasse danser. Et si la magie opérait à nouveau ? S'il m'invitait pour une nouvelle danse et que j'osais poser ma joue contre la sienne ? Cela fait beaucoup de si, et le miracle n'opère pas. La soirée se déroule autour de la table où les plats défilent et enchantent les papilles. Pas une note de musique. Rien qui ne me pousse dans les bras d'Oscar.

Minuit sonne enfin.

Lucie et Camille allument la dernière guirlande du sapin. C'est notre tradition, notre façon d'accueillir Noël dans un scintillement merveilleux et enfantin. La guirlande illumine les décorations. Les petits biscuits vernis sont plus vrais que nature, et les mandarines prennent des allures de soleils accrochés aux branches fortes et belles. Le sapin est une merveille. Chacun y a mis du sien. Mumu en ajoutant des tranches de mandarines séchées, Zette en nouant des rubans de soie rouges et argentés, les filles en confectionnant des guirlandes en papier, et moi en faisant de faux *Bredalas* auxquels j'ai ajouté des clous de girofle et des étoiles de badiane pour embaumer notre *Weinachtsbaum*[1].

Je retombe soudain en enfance. Les rires des mamies, la tendresse des amoureux qui s'étreignent sous le gui, l'empressement de mes filles offrant leurs cadeaux à Zette et Mumu, chaque détail me plonge dans une agréable allégresse. Pourtant, un creux demeure dans mon cœur, une place vide, une place à prendre. Au fond, je rêve d'un cadeau inattendu, d'une main se glissant dans la mienne et qui m'entraînerait dehors, sous la neige et les étoiles.

— Joyeux Nöel Mauricette, annonce Oscar qui cache quelque chose derrière son dos.

---

1. « Sapin de Noël ».

Mon cœur s'emballe. Intimidé, Oscar n'ose pas me tendre le cadeau qui dépasse derrière lui. Afin de ne pas prolonger le malaise, je me penche sous le sapin pour prendre la boîte de *Bredala* que j'ai préparés spécialement pour lui.

— Joyeux Noël à toi aussi, murmuré-je en lui offrant son cadeau. Il n'est pas emballé, tu peux ouvrir la boîte si tu veux voir ce qu'il y a dedans.

Il tend la main pour prendre son cadeau, ce qui l'oblige à me donner le sien.

— J'imagine que celui-ci est pour moi ?

— Oui, dit-il en procédant à l'échange.

Il s'agit d'un paquet rectangulaire, assez mince, un bouquin certainement, et emballé avec beaucoup de soin. Oscar l'a couvert d'un tissu en soie bleu marine et fermé avec un joli nœud d'un bleu plus clair.

Je ne m'attendais pas à ce qu'il m'offre quelque chose. Enfin, peut-être un peu, mais je suis surprise de découvrir un paquet aussi joliment présenté.

— Tu ne l'ouvres pas ? me demande-t-il.

— Toi non plus...

— Bon, à trois on le fait.

— Un, deux... trois !

L'emballage me tombe des mains tant je suis émue. Je me sens bête tout à coup d'avoir osé lui offrir de simples biscuits en forme de bons-hommes en maillots de bain. Bien qu'il m'ait fallu des heures pour reproduire le slip rouge d'Oscar avec de la glace royale, mon cadeau n'est rien comparé au joli carnet que je tiens entre mes mains.

Il s'agit d'un superbe livre relié avec une couverture en cuir. Je l'ouvre et fais défiler les pages blanches qui ont été parfumées avec une note de lavande. Il suffit que je caresse le papier pour m'imaginer en train d'y rédiger mes recettes à venir et la première qui me vient est une tarte au citron aromatisée à la lavande. Ce cadeau est intime, presque sensuel. Les pages sont d'une incroyable finesse, douces et délicates comme de la crêpe dentelle. Je veillerai à y noter mes recettes avec douceur, pour que le papier absorbe tout l'amour que je transmets à mes plats.

— J'ai pensé que tes recettes méritaient mieux que des carnets froissés, dit Oscar en croquant dans un biscuit. Tes délicieux biscuits y auront une belle place.

— J'en perds mes mots Oscar, c'est un si joli cadeau.

— Il aura d'autant plus de valeur quand tu auras noté tes nouvelles créations. En attendant, tes filles aimeraient t'offrir un autre présent... imagine que tu tiens ton futur entre tes mains.

Camille s'approche timidement et me tend un paquet enveloppé dans une serviette alsacienne aux motifs campagnards. Je reconnais les serviettes de maman, celles que l'on sortait uniquement pour le festin dominical. Personne n'osait s'essuyer la bouche tant elles tenaient à cœur de l'hôtesse de maison.

— L'emballage est prometteur !

— Il s'agit d'une idée de Lucie, elle pensait que tu apprécierais.

277

Je porte une main à mon cœur. Décidément, Lucie me connaît si bien ! Nous sommes de la même veine toutes les deux, celle des nostalgiques qui partagent le goût des choses simples.

— Allez, mam's ! Tu ne vas pas passer une heure à ouvrir ce paquet ! s'impatiente-t-elle.

Tous les yeux sont rivés sur moi. Mumu et Zette se tiennent la main. On dirait qu'elles s'attendent à ce que je tourne la roue de la fortune. Qu'y a-t-il de si précieux sous cette serviette ? Tout le monde a l'air de mèche en plus. Rémy ose à peine me regarder, Anthony se frotte les mains d'impatience, et Oscar... Oscar a l'œil brillant et les joues légèrement rougies. Mon Dieu. Ce cadeau ne vient pas de mes filles. Mais de lui. Mes mains tremblent sur la petite cordelette en chanvre que Lucie a noué autour du paquet. Je l'ouvre délicatement.

— *Jesus Gott !*

— On prend ça pour un « j'adore ce cadeau » ? propose Camille.

— Vu sa tête, c'est plutôt un « quel putain de cadeau ! », renchérit Lucie qui m'attrape par les épaules.

Elle tombe à pic, parce que je suis sur le point de flancher.

Je n'arrive plus à aligner deux mots tant je suis bouleversée. J'ai juste envie de me jeter dans les bras d'Oscar, or je reste statufiée de surprise. Il m'a transmis ce cadeau par l'intermédiaire de mes filles, serait-ce une façon détournée de m'indiquer qu'il est incapable de faire le premier pas ?

— Maman, tu vas bien ? On dirait que tu vas tomber dans les pommes, s'inquiète Lucie.

— Vous allez me tuer...

Je m'assieds sur une chaise et pose le livre devant moi. Je n'ai jamais rien vu d'aussi beau. La couverture en papier mât présente une photo de ma cuisine. Sur le plan de travail est posé un *Kougelhopf* aux fruits secs, et le titre de l'ouvrage s'inscrit sur mes placards blancs en lettres d'or : *Dans la cuisine de Mauricette, recettes familiales et chaleureuses.*

— C'était ton idée, pas vrai ? demandé-je à Oscar.

— Le mérite ne me revient pas. Tu peux remercier tes filles et Rémy. Ton commis a œuvré dans l'ombre pour récupérer discrètement tes carnets, Lucie s'est chargée de préparer les plats, tandis que Camille a pris soin de mettre en scène chacune de tes recettes et de les photographier... entre nous, elle a un merveilleux œil photographique !

— Que je découvre à peine...

J'en ai la gorge nouée. Les photos sont à tomber. Mon *Kougelhopf* aux abricots secs a fière allure sur la page de couverture. On a l'impression qu'il neige du sucre glace. Je tourne les pages et découvre avec stupeur mes propres recettes, restituées fidèlement et accompagnées de photos sorties de l'imaginaire de Camille. Ils ont certainement travaillé des heures et des heures sur ce projet. Il a fallu subtiliser mes carnets, déchiffrer et recopier mes pattes de mouche, réaliser mes recettes, puis les mettre en scène et les photographier. Sans compter le temps passé sur un de ces sites de développement de photos où il faut réserver sa journée pour mettre en page tout un bouquin et transférer ses clichés.

Un tel travail d'équipe a été orchestré par Oscar, j'en suis convaincue. Le maître-nageur est aussi le maître des belles surprises. Je découvre le talent de Camille pour la photo, et pour la première fois, j'apprécie l'esthétisme de mes plats. Ils sont présentés avec beaucoup de délicatesse. Mes filles ont mis du cœur à l'ouvrage. J'aime la façon dont mon biscuit sablé aux myrtilles a été mis en scène dans un panier avec un pot de beurre à l'ancienne et un bouquet de roses. Tout est soigné. Tout m'évoque un conte de fées.

— Incroyable, Mauricette a perdu sa langue ! s'étonne tata Mumu.

J'essuie les larmes qui coulent sur mes joues avant de me lever et de prendre mes filles dans mes bras.

— Je suis tellement heureuse, quel fabuleux cadeau ! Merci les filles !

— Ne nous remercie pas, Oscar a tout manigancé, murmure Lucie à mon oreille.

Les notes de « Noël c'est l'amour » retentissent. Zette a mis en route son antique tourne-disque. Le son crachotant du vinyle m'enchante. Mon cœur déborde d'allégresse. Je ne me suis jamais sentie aussi en paix avec moi-même.

Mes filles quittent mes bras. Oscar saisit ma main et m'invite à danser au milieu des convives qui l'imitent. Je me laisse aller. Je pose ma tête sur sa poitrine.

— Merci pour tout.

Son cœur s'emballe. J'ignore si je dois arrêter de danser contre lui. Peut-être est-il ennuyé par cette soudaine proximité ? Il m'a tout de même invitée à danser. Je ne sais plus quoi faire, ni quoi dire tant j'ai peur de mal interpréter les battements de son cœur contre ma poitrine.

Sa main glisse sur ma joue qu'il caresse tendrement. La musique de Tino Rossi nous enveloppe dans un agréable cocon. J'aurais pu rire du côté cliché de la situation, mais je n'y parviens pas. Je suis tendue, raidie par la peur que l'instant ne soit qu'éphémère, qu'après cette danse Oscar redevienne mon ami, juste mon compagnon de travail.

Sa main ne quitte pas ma joue. Nous sommes sous le gui. Il ne l'a pas remarqué. Ses yeux sont clos. Savoure-t-il le moment ? Parvient-il à se défaire de la terrible pression qui demeure entre nous ? Une vie professionnelle oubliée, un mariage raté. Ces obstacles sont les liens qui nous unissent. Des liens qui nous font danser sur un air désuet et chaleureux. Et si notre destin ne se résumait qu'à une danse ? Quelques minutes de bonheur avant de redevenir deux amis incapables de dévoiler leurs sentiments de peur de tout briser. Et pourtant, j'aimerais tant qu'il m'embrasse, tendrement, sous le gui aux teintes virginales.

La musique s'est arrêtée. Mes bras demeurent autour de son cou. Il ne cherche pas à s'en défaire. Les regards sont certainement posés sur nous.

— On ne voudrait pas plomber l'ambiance, mais on peut ouvrir nos cadeaux ? s'impatiente Lucie.

Oscar redresse ma main pour l'embrasser tendrement.

— Merci, glisse-t-il en me quittant pour récupérer un paquet sous le sapin.

— Tiens, ma *Schotzala*[1] ! Voilà ton cadeau ! s'exclame-t-il en le lançant à Lucie.

La magie s'est éteinte. Telle la mèche d'une bougie noyée dans la cire.

Oscar est redevenu lui-même.

Mon ami. Mon voisin. L'homme que j'aime.

1. « Petite chérie. »

# Épilogue
## La recette du bonheur

La maison est calme à présent. Tout le monde s'est couché les yeux pleins d'étoiles. La magie de Noël n'est pas près de s'éteindre. Elle brûle dans mon cœur qui tambourine alors que je tourne les pages du livre de recettes. Je ne pouvais espérer mieux. Je suis restée statufiée d'étonnement. Incapable de dire un mot tant j'étais frappée par la beauté du livre. Un livre qui montre combien Oscar a appris à me connaître. Mes ex ignoraient ce qui me faisait plaisir, contrairement au maître-nageur qui lit si bien en moi. Et si ce livre était sa déclaration ?

Je le pose contre ma poitrine et le serre contre moi. J'ignore si je vais trouver le sommeil. Mes pensées se concentrent sur Oscar, sur sa gentillesse et sa douceur. J'aurais voulu que ce réveillon continue éternellement. Demain sera un autre jour. Demain Oscar aura perdu la confiance qui lui a soufflé de poser sa main sur ma joue. Nous serons des voisins. Encore des amis ? Je n'en ai aucune idée. Le charme opère peut-être uniquement sous le toit de Mumu.

Le livre glisse de mes mains moites et tombe sur la tranche. Je le récupère aussitôt, ennuyée à l'idée de l'avoir abîmé.

— Eh merde !

Une page semble cornée car un petit bout de papier dépasse de la tranche. J'ouvre le livre. J'étouffe un petit cri de surprise en découvrant une carte de visite avec le tampon d'un éditeur.

— Bernard Bloch, directeur d'édition de la Cigogne gourmande.

Je manque de souffle. Cette carte, quelqu'un a dû la glisser intentionnellement pour me passer un message. Il est clair, toutefois je ne parviens pas à le saisir, ou du moins, j'ai peur d'y croire. Moi ? Éditer un livre ? J'y ai souvent pensé, mais ce n'était qu'un rêve, le genre de chose que l'on classe dans la catégorie des fantasmes et que l'on garde pour soi. Oscar le savait. Il a compris quelles étaient mes aspirations les plus secrètes.

Je tourne nerveusement la carte et y découvre un mot. L'écriture d'Oscar est fine et élégante, pareille à la teneur du message : « Saisis ta chance, ton talent est déjà reconnu. » Sous le mot, un signe, minuscule, une étoile, un baiser envoyé pour me porter chance et qui flotte sur mes lèvres.

Je me lève brusquement, le cœur battant, et sors vêtue d'un pyjama en pilou rouge. Ce réveillon ne doit pas s'arrêter ainsi. Je ne le permettrai pas. Je ne prendrai pas le risque de laisser la magie s'en aller.

Je traverse rapidement le couloir et la cuisine pour descendre les escaliers et rejoindre Oscar. S'il dort, je le réveillerai. Quoi qu'il arrive je dois lui parler, je dois lui dire ce que mon cœur scande comme un fou.

Tout est plongé dans la pénombre, je ne vois presque rien et ose à peine allumer les lumières de peur de réveiller mes filles ou Mumu et Zette qui dorment ensemble. Je descends les escaliers à tâtons, les yeux rivés sur les marches pour ne pas en manquer une et puis, c'est le choc. Je heurte quelqu'un dans l'obscurité. Des bras vigoureux me saisissent et m'enlacent.

— Tout va bien ? me demande Oscar.

Abasourdie, je me blottis contre son épaule. Nous restons un instant l'un contre l'autre, immobiles dans la maison silencieuse.

— Momo, on ne va pas rester ici jusqu'au matin, non ?

— J'aimerais demeurer dans tes bras pour toujours, mais je sais que demain les choses auront changé. Serre-moi, Oscar, serre-moi fort parce que je vais partir après ça. Je partirai parce que je ne pourrai pas vivre en étant si proche et si loin de toi.

Oscar encadre mon visage de ses mains, son souffle chaud glisse sur ma bouche.

— Ne pars pas, dit-il en posant ses lèvres sur les miennes.

Son baiser est lumineux, tendre et passionné. Son amour m'inonde et me libère. Je l'enlace de toutes mes forces, le retenant, le gardant près de moi. Nos lèvres et notre vie sont liées dans la douceur de cette nuit de Noël.

— Je t'aime, Mauricette.

— Tiens, tu ne m'appelles plus Momo ?

— Tu as le prénom le plus mignon que je connaisse, pourquoi le réduire ?

Il m'embrasse à nouveau, cette fois avec plus de passion, avant de me soulever et de me porter dans ses bras. Nous descendons les escaliers pour rejoindre sa chambre. Il me dépose délicatement sur le pas de sa porte qui se trouve tout près de la cuisine d'où parviennent de légers murmures.

— Oscar, nous ne sommes pas les seuls à être éveillés...

— Tu crois qu'elles nous ont entendus ?

— Mumu et Zette ont beau être âgées, elles ne sont pas sourdes pour autant.

Amusé, Oscar me prend par la main et se dirige vers la cuisine.

— Attends, tu fais quoi ?

— Je vais remercier ma mère de m'avoir offert le plus beau des cadeaux en m'obligeant à revenir.

Il ouvre la porte. Zette et Mumu sont appuyées au plan de travail et boivent un verre de gewurz[1] en riant.

— Eh bien, je vois que la fête est loin d'être finie ! s'exclame Oscar qui n'a pas lâché ma main.

Zette et Mumu font les gros yeux avant de rire à gorge déployée.

— *Hopla*, Mumu, tu me dois dix euros ! Je t'avais bien dit que ces deux-là n'attendraient pas le nouvel an pour échanger leur premier baiser.

— Vous n'avez rien d'autre à faire que de parier sur nous ? demande Oscar qui ouvre un placard.

---

1. Diminutif de gewurztraminer : vin blanc alsacien.

— Oscar, je pense que tu peux lâcher ma main maintenant, je n'arriverai pas à nous servir...

— Hors de question de te lâcher, j'ai bien trop peur que tu partes, dit-il en sortant deux verres à pied qui s'entrechoquent.

Zette prend les verres et nous les remplit.

Je porte le vin à mes lèvres en repensant à ma première nuit passée avec Oscar. Nous avions parlé de nous et de Woody Allen. J'avais senti une connivence, un lien qui annonçait une belle amitié. Je m'étais trompée. Parfois, l'amour se cache derrière un visage amical.

Je pose ma tête contre son épaule, et lui glisse quelques mots à l'oreille.

— Quand je pense que tout a débuté dans cette cuisine il y a à peine quelques mois. La nuit, un verre de vin, tout est à nouveau réuni.

— Le gewurz me semble plus approprié que le pinot pour commencer une histoire d'amour.

Les deux mamies nous observent avec de grands sourires. Il s'agit certainement de notre dernière nuit tous ensemble dans cette demeure. Demain, Mumu partira et ce lieu se remplira d'amour et de rires. La relève est là. Je me fais la promesse de perpétuer l'esprit de Mumu, de parfumer ses pièces d'effluves sucrés de tartes aux pommes et de *Strudel*[1].

Chaque jour sera à l'image de cette nuit, et le bonheur se lira sur les murs de ma petite maison à colombages.

---

1. Gâteau traditionnel autrichien, allemand, tyrolien et alsacien, généralement aux pommes.

13806

*Composition*
NORD COMPO
*Achevé d'imprimer à Barcelone*
*par* CPI Black Print
*le 3 avril 2023*
Dépôt légal avril 2023
EAN 9782290388976
OTP L21EPLN003497-558109

ÉDITIONS J'AI LU
82, rue Saint-Lazare, 75009 Paris

Diffusion France et étranger : Flammarion